Anonymous

Salomo

Anonymous

Salomo

ISBN/EAN: 9783743427747

Hergestellt in Europa, USA, Kanada, Australien, Japan

Cover: Foto ©Andreas Hilbeck / pixelio.de

Manufactured and distributed by brebook publishing software
(www.brebook.com)

Anonymous

Salomo

Salomo.

Neue vermehrte Auflage.

Mit Churfürstl. Sächß. allergnädigsten Privilegio.

Magdeburg,
verlegt bey Daniel Christian Hechtel
1771.

Vorrede.

Es ist einigen vielleicht nicht gleichgültig zu wissen, daß so wohl der Tod Adams als dieses Trauerspiel eine blos zufällige Folge von Betrachtungen sind, denen ich mich über die Situation unsers Stammvaters und Salomos nicht selten überlassen habe. Ich weiß wohl, daß ich, indem ich dieses sage, die Foderung meiner Leser, viel Wahrheit in diesen Stücken zu finden, für sehr gegründet erkläre. Ich habe auch nichts gegen diese Foderung; gleichwohl will ich dadurch gar nicht sagen, daß sie hier nicht viele Wahrheiten vergebens suchen werden, die sie, in einer Abhandlung über Salomos Zustand, gefunden hätten. Ohne also itzt die überflüßige Anmerkung von dem grossen Unterschiede einer Abhandlung und einer Tragödie zu machen; so kann ich doch die nicht ganz weglassen, daß der Antheil, den Salomos Verstand an seinem Falle hatte, mit vorkommen muste, und daß es vielleicht die Hauptschwierigkeit des Stücks war, ihn so zu berühren, als es die Gesetze des Trauerspiels erlauben.

Wann

Wann ich Leſer oder Zuſchauer habe, die beym Empfinden auch denken mögen: ſo behaupte ich, eine Materie ge-
wählt zu haben, die, am Tragiſchen, alle die bisher be-
rühmt geworden ſind, übertrift. Ich kann hiervon nichts
weiter ſagen, ohne zugleich von meiner Ausführung dieſer
Materie zu reden; und es wird mir immer ſchwer bleiben,
mich hierzu bey irgend einer meiner Arbeiten zu entſchlieſ-
ſen. Unterdeß muß ich von dem Sylbenmaaſſe, das ich
andern vorgezogen habe, ein Paar Worte ſagen.

Fünffüßige Verſe wechſeln mit ſechsfüßigen ab, doch
ſo, daß jene die herrſchenden bleiben. Den jambiſchen
Vers unterbricht bisweilen ein trochäiſcher, derjenige, den
die Alten Hendecaſyllabus nannten. Der Anapäſt nimmt
die Stelle des Jambus da ein, wo es die nothwendige
Abwechſelung oder der Inhalt zu erfodern ſchien. Und aus
eben dieſen Urſachen, wird der Vers manchmal durch den
Jonikus, den dritten Päon, oder auch durch den Pyrrhi-
chius geſchloſſen. Ich hätte mir vielleicht mehr Abwechſelung erlauben dürfen; allein ich habe es dieſem Stücke an-
gemeſſner gefunden, mich auf die angeführte Weiſe ein-
zuſchränken.

Perſonen.

Salomo.	Noch zween andere Prieſter des Moloch.
Chalkol.	Zween Männer aus dem Volke.
Heman.	Ein Chor Sänger.
Darda.	Semira, die jüngſte Königin.
Sarja, Salomos Freunde.	Zwo Mütter mit ihren beyden Söhnen.
Nathan, der Prophet.	Ein Chor Sängerinnen.
Korah, der oberſte Prieſter Molochs.	Moloch.
Zepho, ein junger Prieſter deſſelben.	Chamos, die für Einſiedler Molochs gehalten werden.

Der Schauplatz iſt ein groſſer Saal im Hauſe Salomos. Das
Haus iſt nah' am Tempel.

Erſte

Erste Abhandlung.

Personen:

Chalkol.   Salomo.
Darda.   Sarja.

Erster Auftritt.

Chalkol. Darda.

Chalkol.

Um Mitternacht ließ er uns zu sich rufen,
    Und nun bricht fast der trübe Tag schon an,
Ein neuer trüber Tag, für ihn und uns;
Und doch verweilt er noch zu uns zu kommen?

Darda.

So gönn ihm denn die Ruh, wenn Ruh vielleicht
Sich über ihn in kurzem Schlaf ergießt.

Chalkol.

Die gönn ich ihm; doch mir auch gönn ich Ruh,
Die, weg von ihm, weit weg von ihm zu seyn;
Du weißt: Ich bin zu stolz, vielleicht zu edel;
Nenns, wie du willst, das zu verheelen,
Was mir im Herzen ist. Ich liebt' ihn sonst;
Wie liebt' ich ihn! jetzt lieb' ich ihn nicht mehr!
Sonst war er Freund; itzt ist er nichts, als König;
Und, wenn nicht König, nur ein trüber Zweifler,
Der mich und dich mit seinem Grübeln quält.
Weiß er denn nicht, daß, seit aus schwarzen Locken
Dis Haar zu Silber ward, mir seine Krone,
Sein Cedernhaus, und alles, was er hat,
Dem Staube gleicht, auf den der Wandrer tritt?

        Ja,

Ja, er war Freund, ich auch. So, liebt' ich ihn;
Jetzt lieb ich ihn nicht mehr.

Darda.

Ich aber noch!

Des Mitleids heiliges Gefühl mischt sich
Bey mir, ins heilige Gefühl der Freundschaft.
Bist du nur dessen Freund, der glücklich ist?
Nicht deß, den Elend stürzt, und auch entschuldigt?
Ist er nicht elend?

Chalkol.

Ach wär er nur elend;

So wär ich mehr, als je, sein Freund, als du!
Verleugnet er nicht Gott, und dient den Götzen?
Ist das auch Elend?

Darda.

Ach, viel grösser ists,

Viel mitleidswürdiger, als alles andre!
Bey dem, der lebt, und den ich nicht verleugne;
Bleib ich gleich standhaft des Verleugners Freund,
Ich laß ihn eher nicht, als bis dis Auge,
Vielleicht voll Danks, daß er gerettet ist,
Sich jener Nacht des dunkeln Thales schließt.
Ich laß ihn dann auch nicht. Denn ewig ist
Die Freundschaft, ist hier nur in ihrer Kindheit.

Chalkol.

Sein Freund in jener Welt? Mach dich von ihm
In dieser los. Er wird dich dort nicht sehn.
Du bleibst hier unserm Gott getreu; er nicht;
Du wirst ihn dort nicht sehn.

Darda.

Ach, stürze mich

In diesen schwarzen, fürchterlichen Abgrund
Von neuem nicht. Den schreckenden Gedanken,
Der, Nacht auf Nacht, mir häufet, Tod auf Tod,
Mag ich nicht denken.

Chalkol.

Viel zu sanft bist du,

Zu voll von Mitleid gegen ihn. Wer ists,
Den er verließ? Ists denn nicht Gott?

Darda.

Zu sanft?

Zu mitleidsvoll? . . Ich bins . . . auch gegen mich!

Chalkol.

Chalkol.

Was meinest du? sagen: was meint mein theurer
Mein alter Freund? wärs möglich? nein, unmöglich
Ist das!

Darda.

Was hältst du für unmöglich, Chalkol?

Chalkol.

Daß du aus seinem Taumelkelch getrunken;
Er dich mit fortgerissen, so, wie er,
Geblendet, dich getäuscht, betäubt, von Gott,
Wie er, zu denken.

Darda.

Ach, mein theurer Freund!

Chalkol.

Du machst mich starr! Bist du, wie er, geworden?
Gott Davids! so wie Salomo ist Darda.
Schweig, Darda! überlaß mich ganz dem Tode
Des schrecklichen Gedankens, ja, ihm ganz,
Der Mord mir im Gebein ist.

Darda.

Höre mich,
Und dann fahr fort. Ich bin . . .

Chalkol.

Nein, überlaß
Mich mir. Was ist das neue, das ich nie
Noch empfand, das flammende Gefühl in mir?
Ich hasse! . . ja das ists, was in mir glüht,
Ich hasse Salomo; das erstemal
In meinem Leben, einen Freund! ich haß ihn!
Vom Himmel hat er dich gestürzt, zerschmettert,
Vernichtet!

Darda.

Hat er nicht! erschüttert nur.
Schutzengel seyd ihr mir gewesen! habt,
Mein Chalkol, du, und Henann, mich gehalten.
Ich denke nicht, wie er, von Gott; Ich fluche
Dem ehrnen Götzen; fluche jedem Hain,
Worinn es Moloch dampft, und sterbend wimmert,
In seinen Armen.

Chalkol.

Preis sey unserm Gott,
Daß du mein Darda bist!

Darda.

Du kennest mich.

Von

Von Mitleid und von Wehmuth leicht durchdrungen,
Und biegsam gegen Andrer Meinung, nehm ich
Zu vielen Theil vielleicht an eines Freundes
Gedanken und Entschluß. So hat er mich
Nicht hingestürzt; er hat mich nur erschüttert.
Den Götzen wankt' ich niemals zu; ich fing
Nur an, wenn mir der Wege Gottes einer
Noch wunderbarer, als die andern, war,
Nach seinem letzten Ziel hinaufzusteigen.
Und, wenn ich's dann nicht fand, verachtet' ich
Das menschliche Geschlecht, und mich. Zuletzt
Entdeckt' ich, daß ich unzufrieden selbst mit Gott
Geworden war, daß er, zu Menschen nur,
Und nicht zu Engeln uns erschaffen hätte;
Da kehrt ich schnell zurück. Gott sey gepriesen,
Der mich erhielt, und ihm vielleicht noch rettet.

Chalkol.
Gott kann das, wenn er will Doch wird er wollen?
Ergreif ihn Gott, ihn loszureissen; er
Entrönn, von ihm sich wegarbeitend, Gott!

Darda.
Du sprichst sein Urtheil streng.

Chalkol.
　　　　　Mein Wunsch und Urtheil
Sind sehr verschieden.

Darda.
　　　　　Du hoffst also gar nicht,
Er werde wiederkehren?

Chalkol.
　　　　　　　Wiederkehren?
Der heute noch dem Moloch opfert! er?

Darda.
Erinnre dich, da sie das letztemal
Das Fest begingen, war er sehr vertieft:
Ob diesmal auch die Knaben sterben sollten?

Chalkol.
Da starben sie. Er opfert!

Darda.
　　　　　　　Seit der Feyer
Seh ich ihn stets nachdenkender, vertiefter,
Und unruhvoller. Hoffst du denn allein
Von diesem allen nichts?

Chalkol.
　　　　　Allein? Von Dan
　　　　　　　　　Bis

Bis Berseba hofft keiner. Du, sein edler
Zu sanfter Freund, hoffst nur!

Darda.

Sie sehn ihn nicht,
Und hören ihn nicht reden; können sie
Ein Urtheil fällen?

Chalkol.

Seh ich ihn nicht stets,
Und hör ihn reden?

Darda.

Hast du nicht entdeckt,
Daß er itzt sich weniger, als vormals täuscht?

Chalkol.

Nicht weniger, nur anders, täuscht er sich.
Er treibt in seinen dürren Wüsten um,
Und gräbt sich Brunnen, die kein Wasser geben.
Denn den lebenden Quell hat er verlassen.

Darda.

Du kennst mich, Chalkol. Ich bin gar kein Hoffer.
Ich hoffe nichts von ihm, zu Gott hoff ich:
Er werd ihn retten.

Chalkol.

Finster ist vor mir
Die Nacht, des schreckenden Gedankens Nacht:
Gott wird ihn nun nicht retten. Denn zu lang
Empört' er sich. Laß Salems Mauren stürzen;
Vom Eckstein rauchend Blut des todten Säuglings
Und aus den Thoren, und des Tempels Hallen,
Herunter triefen. Dieses Grauens Anblick
Ertrüg ich eh, als daß er Israel,
Dis grosse Volk des HErrn zum Moloch führt,
Und unsre Kinder diesem Götzen opfert.

Darda.

Verschwind, o Bild von diesen Opfern; ... Lang
Erwarten wir ihn schon; noch säumt er immer.

Chalkol.

Heut ist mein letzter Tag mit ihm. Noch einmal
Will ich ihm sagen, was ich von ihm denke,
Damit ich ganz am Blut unschuldig sey,
Das er vergeußt; unschuldig an den Seelen,
Die er von Gott verführt. Dann will ich wieder
Zu meiner Hütt' hinab ins Palmthal ziehn,
Und mir mein Grab bereiten. Denn wie lange
Kann noch ein Leben dauren, dessen Loos war,

A 5   Zu

Zu sehn, daß Salomo, der Stern vom Himmel
Hinab bis in des Moloch Abgrund fiel?

Darda.

Laß deinen Sohn für dich dein Grab bereiten,
Und bleib. Denn alles must du thun, was du
Zu thun vermagst. Und wenn dann mitten drinn
Dirs Gott gebeut, dann erst hör auf, und stirb!

Chalkol.

Was ich bey Salomo zu thun vermag,
Das alles kann ich heute ganz vollenden.

Darda.

Du willst ihn ganz verlassen? Ich allein
Soll bey ihm übrig bleiben? Denn dem Tode
Naht Heman sich.

Chalkol.

Der Glückliche! nun wallt
Er hinab, und hört, wenn sie auf Moloch glühn,
Jetzt Ungeborner Todesstimme nicht!

Zweyter Auftritt.

Die vorigen. Salomo.

Salomo.

Ist Heman nicht bey euch?

Darda.

Er liegt zu sterben.

Salomo.

Schon oft schien er dem Tode nah, doch rief ihn
Das Leben stets zurücke. Er wird nicht sterben.
Vielleicht sterb ich vor ihm. Zu leben ist
Viel bittrer, als der Tod.

Chalkol.

Das Leben jenseit
Des Grabs kann bittrer seyn, als je der Tod
Dem, der ihn fürchtet, war.

Salomo.

Hinüber, Chalkol,
So weit hin sieht mein Blick nicht. Dieses Leben
Ist reich genug an Qual, des Denkens Kreis
Ganz auszufüllen, reich, verzeihenswerth
Den Fluch zu machen, der die Stunde der Geburt
Verflucht.

Chalkol.

Chalkol.

Oft deuchtet uns verzeihenswerth,
Was Gott doch nicht verzeiht. Sind Thaten erst
Gegraben in des Richters ehrne Tafeln,
Als Sünde; so verlöscht sie nur die Rache,
Wenn sie des HErrn Geheiß nun ganz gethan hat.

Salomo.

Du weißt also: Der Hocherhabne strafe?
Wenn nun die Geister unter ihm es thäten?
Weißt du: Ob sie gerecht sind? Doch wer kann
Es auch hier unter dieser Sonne wissen,
Die Nacht es werden läßt, wie in der Seele
Bald Nacht ist, und bald Tag?

Chalkol.

Dis solls entscheiden,
Daß dessen Wahrheit, der sich offenbarte,
Nicht mehr die Wahrheit sey?

Salomo.

Mit dir zu streiten,
Ist nicht mein Wille. Glaube, was du kannst,
Und laß mich glauben, was ich kann, doch mache,
Wofern du das vermagst, mich minder elend!

Chalkol.

Des Elends erster Quell ist im Verstande.
Der fließt herab ins Herz. Das überströmt
Von Handlungen, von bösen, oder guten,
Nachdem der Urquell trüb ist, oder hell.
Wie kann ich, willst du dich nicht überzeugen
Durch Wahrheit lassen, denn dein Elend mindern?

Salomo.

Im Herzen ist des Elends Ursprung. Spielt
Nicht das Herz mit diesem folgsamen Verstande?

Chalkol.

Wofern mit ihm das deine spielt; so fodre
Von mir nicht Hülfe.

Salomo.

Selber meine Freunde
Vermögens nicht. Auch dis ist bitter Elend! . . .
Ein Rauch, dem Feind ein süsser Opferdampf,
Mag dieses Haus verfliegen! meine Kinder
Zerschmettert werden an den hohen Mauern
Jerusalems; ich will es leichter tragen,
Als was mir unter deiner Flügel Schatten,
O Friede, dis mein Herz verzehrt, das Leben

Zum

Zum Tode macht, und kaum des Müden Zuflucht
Den Tod noch bleiben läßt! Sie ist dahin
Die Herrlichkeit, die mir gegeben ward!
Dahin ist meine Weisheit, samt der Ruh,
Die sie mir gab! Wenn du es bist, o Moloch,
Vor allen andern Geistern, Moloch, du,
Der mir dis alles nahm; womit erzürnt ich dich?
Und hab ich dich erzürnt; so laß doch endlich,
Durchs Blut so vieler Knaben, dich versöhnen!

Chalkol.

Warum erwähltest du den schrecklichsten
Der Götzen? ihn, den nur das Blut der Menschen
Versöhnt? Antworte mirs! Ich fragt' es dich
Schon oft.

Salomo.

          Ich wählt ihn nicht allein; und dann,
Ist er nicht aller Untergötter König?
Und da ers ist, muß ich ihm denn nicht opfern,
Wie's allen Völkern sein Gesetz gebeut?
Und über das, was ist der Knaben Blut?
Stirbt der zu früh, der nicht unsterblich ist?
Wir armer Staub, zu spät wir sterben oft
Zu spät, und nie zu früh.

Chalkol.

          Ich schweige, du weißt es,
Ich schwieg davon, o Salomo, nicht stets!
Daß dich, dich selber, der so groß durch Weisheit war,
Zum Götzenräucherer dich Weiber machen konnten!
Gewiß, du warest auch zu stolz auf deine Weisheit!
Sonst hätte sie ihr grosser Geber dir,
Nicht genommen! und du wärst, bis zum Moloch,
So tief nicht, Salomo, herabgefallen;
Und nicht, ach tiefer noch! bis zu der schrecklichen
Entschuldigung des Bluts, das du vergossest
Und noch vergiessen willst! . . . Ich schone dein,
Und will dir nicht beschreiben, wer du warst,
Als du um Weisheit batst, und, ohne Stolz,
Sie hattest. Zwar ich bin, du kennest mich, als reblich!
Dein Freund nicht mehr; doch will ich diesen Dolch
Dir in dein Herz nicht stoßen.

Salomo.

          Einen stiessest
Du tief ins Herz mir, den: Ich bin dein Freund
Nicht mehr! . . So will es denn mein finster Schicksal,

Mit

Mit Eiſen iſts in Felſen eingegraben:
Ach, meine Freunde ſoll ich auch verlieren!
Mein Sarja reiſt' hinab nach Ophir, kam nicht wieder,
Schon ſchlummert Ethan. Heman will ihm folgen!
Und du, verlaſſen willſt du, Chalkol, mich!
Du auch, mein Darda?

Darda.

Ich? Wie könnt ich das?

Salomo.

Verlaß, verlaß mich auch, damit mein Elend
Vollkommen ſey. Damit ich, ſtatt zu weinen,
Verſtummen müſſe! s s s

Dritter Auftritt.

Chalkol. Darda.

Darda.

Wie war deinem Herzen
Das möglich?

Chalkol.

Meinſt du denn, daß mir mein Herz
Nicht blutete? Doch wollt ich redlich handeln;
So muſt ich ihm es ſagen. Tief gefallen,
Sehr tief, iſt Salomo! Ach, Gott verläſt ihn;
Er achtets nicht! Ein Sterblicher verläſt ihn,
Ein Staub, wie er; nur das kann ihn erſchüttern.

Darda.

Ach Mitleid, Mitleid, Chalkol! weißt du denn:
Ob unſer Gott mit ihm nicht Mitleid habe?
Drum hab es auch! Wer heilt die tiefe Wunde,
Durch die ihm ſeine ganze Seele blutet,
Wenn wirs nicht thun? . . Siehſt du den Müden dort,
Der durch die Cederngänge wanket? Mühſam
Geht er einher, von ſchwerem Gram belaſtet.

Chalkol.

Ich kenn ihn nicht.

Darda.

Wenn er nur Hemans Tod
Uns nicht verkündigt! Sieh, er ſteigt herauf
Zu uns. Wer er auch ſey; was Trauriges
Wird er verkündigen. Denn nichts, als Elend,
Erwart ich heut.

Vierter

Vierter Auftritt.

Die vorigen. Sarja.

Sarja.

Seyd mir gegrüßt, ihr Männer.
Mehr Freude sey mit euch, als mit mir war!
Lebt Salomo? Ach, wie entsetzt ich mich! ich eilt'
Und forschte nicht; denn auf des Oelbergs Höhn
Bereiten sie dem Götzen Moloch Opfer.
Der Tag brach eben an, und schien auf Moloch her.
Wer herrscht in Juda jetzt? Ich komm aus Ophir.
Ach lebt mein Vater noch? Ich zitterte
Zu fragen, hab auch keinen noch gefragt;
Daß Nathans Tod mir keiner sagen könnte!
Nun halt ichs nicht mehr aus. Lebt Nathan noch?

Darda.

Dein Vater lebt!

Chalkol.

O Fremdling, bist du Sarja?.

Sarja.

Das sey dem HErrn gedankt! Mein Vater lebt!
Nun will ichs gern, was ich = ja, ich bin Sarja,
Was ich in Ophir litt, und an dem Nilus,
Vergessen will ichs gern. Denn Nathan lebt!
Wer aber herrschet jetzt? Rehabeam?
Und der fiel ab von Gott? ihr schweigt. Wer seyd ihr?
Doch Ammoriter nicht? Ach Solomo
Mein Freund ist schon zu David hingegangen,
Zu David und zu Gott.

Chalkol.

Dahin wird er
Nicht gehn. Er ists, er ists, der Moloch opfert!

Sarja.

Ist hier kein Ruhesitz? Ihr seht, mich hält
Mein Stab nicht mehr! = = *) Die Sonne ging schon auf;
Doch ists so dunkel hier? Doch als ich kam
Wars ja auch hier schon Tag. Du Gott der Götter,
O stärke mich, damit ich Nathan sehe.
Der Götter Gott und auch des Thiers voll Blut,
Das Moloch heißt. Zu lang hast du gelebt,
Mein theurer Vater! = = = Wo ist Salomo?

Darda.

---

*) Er setzt sich nieder.

Darda.

Nicht fern von uns in seiner Sommerlaube.
Er ging durch diese Thür. Wir sind gewöhnt,
Daß er bald zu uns kömmt, bald wieder geht.

Sarja. *)

Ich war sein Freund! ⸗ ⸗ ⸗ Wer leitet mich hinab
Zu meinem Vater? denn von Freud und Schmerz
Bin ich ermattet.

Darda.

Nathan muß vorher
Erfahren, daß sein Sohn gekommen ist,
Damit ihn nicht die schnelle Freude tödte.

Sarja.

Sie wird so schnell nicht seyn. Der trübe Blick
Des Greises wird sogleich den Sohn nicht kennen.

Darda.

Doch deine Stimme kennt er. Wiedersehn
Wird er in jener Welt dich, hier nicht mehr.

Sarja.

So ist er blind? das war doch stets das Looß
Der armen Sterblichen, daß Bitterkeit
Sich selbst in ihre besten Freuden mischte.
Und oft, ach oft ist mir dis Looß gefallen.

Chalkol.

Ich gehe mit hinab zu deinem Vater.
Komm, Sarja.

Darda.

Aber wenn nun Salomo
Zurück kömmt, mich allein, nicht Sarja findet?

Chalkol.

So sag ihm, Sarja sey zuerst zu ihm
Gekommen, hab es drauf gehört, . . . und sey
Gegangen, daß er seinen Vater sehe.

Fünfter Auftritt.

Darda.

Auch dieser Freund verläßt ihn! . . Salomo,
Mein Freund, wie mannigfalt sind deine Leiden,
Wie bitter sind sie! Ach du riefest sie
Zu dir herab von Gott! Nun sind sie da! . .
O welche Zeit war die, da Feuer vom Himmel

*) Indem er aufsteht.

Die

Die Opfer zündete, die er dem HERRN
Im neuen, nun geweihten Tempel brachte,
Daß vor der Herrlichkeit des HErrn die Priester
Nicht vermochten zu stehn. Sie sind vorüber
Der Tugend und der Weisheit heitre Tage,
Und Todesnächte sind auf sie gefolgt.

Sechster Auftritt.

Salomo. Darda.

Salomo.

Du bist allein, o du vor allen andern
Mir übriger? Ach, wenn in meine Seele
Noch Freude käme, nicht ihr Quell in mir
Versiegt wär, alles nicht in mir in Nacht
Verwandelt; so würd' ich mich freuen können,
Bey dir zu seyn; doch nun - - -

Darda.

Ich möchte sprechen,
Und schweigen auch. Entscheide meine Wahl

Salomo.

Verstumme! nur nicht ganz. Ein Wort verlangt
Dein Freund von dir.

Darda.

Und welches, Salomo?

Salomo.

Ach, wünsche mir den Tod! . . Du zögerst? Sprich
Es feyrlich aus dis Wort. Verwünsche mich
Dem Tode! Dich erhört vielleicht das Schicksal;
Mich hört es nicht; denn satt bin ich, zu forschen!
Satt, mühsam in des Denkens Labyrinth
Herum zu kriechen, und kein Licht zu finden,
Nichts, das mir Wahrheit sey! viel ist euch Wahrheit;
Mir nicht! Und daß du mein Vertraun zu dir
Ganz kennest, ganz erfährst, wie unglückselig
Ich bin; so hör den trübsten aller Zweifel,
Der, wie ein Wetter, mich verfolgt, an alle Felsen
Der Wüst', in der ich irre, mich hinschmettert,
Und sterbend schmachten läßt! . . Doch hör ihn nicht;
Wie könnt ich, hoffnungslos, daß er mir helfe,
Auch meinen Freund in meine Leiden stürzen.

Darda.

Darda.

Mehr leid ich, wenn du schweigst, als wenn du redst.
Und dann ist Hülfe zwar mein Mitleid nicht;
Doch ist es Lindrung.

Salomo.

Hör ihn denn, mein Darda,
Vernehmt ihn auch, ihr Geister, die mit Schwermuth
Mein Herz beflecken, das sonst Freude war.
Schwebt all' umher, seht all auf mich, ihr Götter,
Auf euer Schauspiel, das ihr elend macht.
Der Gott, den Abraham, den Moses glauben,
Und unser Volk, der ist der gnädigste,
Der weiseste, der mächtigste, der erste
Vor allen Göttern, aller Götter Schöpfer!
Doch ist er viel zu groß, ist viel zu erhaben,
Sich, bis zu dieser Welt, herabzulassen,
Und Herr des Staubs zu seyn.

Darda.

Hör auf, ich sinke,
Und mein Gebein erstarrt.

Salomo.

Verwünsche mich dem Tode!
Das thu; doch fluche deinem Freunde nicht!
Denn was ich sage', ist mir nicht ganz gewiß;
Doch daucht michs wahr, nach langer Nächte Grübeln,
Fand ich nichts anders aus, wenn ich den Guten
Erdulden, und den Bösen glücklich sah.

Darda.

Gott der Götter! verzeihs, wenn ich nicht würdig
Von deiner Weisheit rede. Sind denn einst
Nicht Strafen? und nicht Lohn? Ist dieses Leben
Denn nicht des Lebens Kindheit, das die Seele
Dort ewig lebt? Und dann: Der gnädigste,
Der weiseste, der mächtigste, der erste
Vor allen Göttern, aller Götter Schöpfer,
Nennt er sich selber nicht der Menschen Herrn?
Und welches Zeugniß gleicht dem hohen Zeugniß,
Das sich der Gott der Götter selber giebt?

Salomo.

Du schreckest mich! Und ach, wofern ich irre,
So ists ein tiefer, grauenvoller Abgrund,
Worinn ich fiel. Doch höre mich, und fluche
Mir nicht. Wer lehrt dich denn, daß, nach dem Leben,
Das du des Lebens Kindheit nennst, ein anders

B   Und

Und ewigs sey? Enthüllte Mosis dis?
Auch leugn' ich nicht, daß unsre Väter glaubten,
Der Schöpfer lasse sich herab, ein HERR
Der Welt zu seyn, vor allen unsers Volks.
Wer lehrte sies?

Darda.

Der Herrscher lehrte sies!

Salomo.

So lehrt' ers mich denn auch; Wie könnt' ers den
Denn jemals lehren, der nunmehr dran zweifelt?

Darda.

War David denn nicht fromm, weil er auch Einmal
Ein Böser war?

Salomo.

Du überzeugst mich nicht!

Darda.

Versammelt werden unsre Freunde dich
Mehr überzeugen können.

Salomo.

Dir nur wollt' ich
Das anvertraun, was meine Seele trübt.
Drum schweig.

Darda.

Viel eher können Einen Viele,
Als Einer Einen leiten.

Salomo.

Eher auch
Verirren. Schweig, und unverletzlich sey
Das heilige Vertraun der Freundschaft dir:

Darda.

Ich freute mich, daß du nun endlich wieder
Dich anvertrautest, und nicht mehr verbirgest,
Was dich verwirrt; nun freu ich mich nicht mehr.

Salomo.

Du hattest Freud, o Darda. Sage mir:
Wie ists dem Menschen, wenn er Freude hat?

Darda.

Wie dirs gleich seyn wird. Denn dein alter Freund
Kam heut von fernen Ophir endlich wieder,
Dein Sarja.

Salomo.

Sarja kam? Vom Ophir, sagst du?
Kennst du ihn denn? Ich hab ihn todt gehalten!
Mir kömmt er nicht von Ophirs goldnen Flüssen;

Mir

Mir kömmt er aus des Todes Thale wieder!
Aus jener Nacht, aus der sonst keiner wiederkehrt,
Aus der mein Darda nicht zu mir zurücke,
Ich nicht zu meinem Darda komme!
Wo ist er?

Darda.

Sieh, er ging hinab mit Chalkol
Zu seinem Vater.

Salomo.

Schon ist sie dahin
Die Freude, daß mir Sarja wieder kam!
Sehr kurz warst du, sehr schnell bist du entflohn,
Du einzige, nach so viel leeren Tagen,
Nicht leer an Schwermuth. Denn er hörte Nathan!
Vernahm, wer heut zum Opfer auf dem Oelberg
Drommeten läßt ⸗ ⸗ Bring ihn herauf zu mir.
Geh, meinen Sarja will ich gleichwohl sehn.

Siebenter Auftritt.

Salomo.

Vom Grabe kam mein Sarja wieder; hinunter
Will Heman gehn; Der Königinnen jüngste
Erscheint nun bald mit ihren Todesopfern,
Der Blumen Israels! die ⸗ ⸗ gehn voran,
Eh Heman geht; Und ⸗ ⸗ sollen sie denn gehn? ⸗
Gott hört mich nicht! Und stets noch säum' ich zu sterben?

Zweyte

Zweyte Handlung.

Personen:

Sarja.	Salomo.
Chalkol.	Semira.
Darda.	Die beyden Mütter.
Heman.	Die Sängerinnen.

Erster Auftritt.

Sarja. Chalkol. Darda. Heman.

Sarja.

Er kömmt noch nicht. So sehr vergaß er mich?

Chalkol.

Er fürchtet dich zu sehn, weil du bey Nathan warst,
Er wird noch länger säumen. Bald begleiten
Die Königinnen zum Altar die Knaben!
Drum gebet eilend Rath: obs möglich sey,
Ihn wenigstens von dieses Festes Blute
Zu retten. Wichtig ists, der Nationen
Geschick zu wägen, wenn in ernster Versammlung
Es Weise thun. Viel wichtiger daucht michs, des Einen,
Der unser Freund, und Judahs König ist,
Errettung auszufinden. Voll von Ehrfurcht
Betrachtet' ich euch stets; ehrwürdiger
Seyd ihr mir heute.

Heman.

Mich gebühret nur
Zu hören. Denn ich habe keinen Theil
An dieser Erde mehr. Mein Grab ist mir
Bereitet, und ich ihm.

Chalkol.

Drum laß noch diese That
Dir folgen, Heman, Theil an seiner Rettung
Zu haben; Sie wird dir der Kronen Eine mehr!

Heman.

Heman.

Sprecht, die ihr lebt, zuerst.

Chalkol.

Was ist der Rath,
O Sarja?

Sarja.

Kenn ich ihn, wie er nun ist?
Was kann ich anders thun, als mich mir selbst
Ganz überlassen, und, mit offner Freyheit,
Von ihm, ihm selber sagen, was ich denke?

Chalkol.

Wohlan, du Redlicher, ich bin dein Freund!
Und Darda?

Darda.

Biegen wir sein Herz nicht, o ihr Freunde;
So ist's umsonst, daß wir mit jedem Lichte
Der Wahrheit ihn umgeben.

Chalkol.

Wer kan das,
O Darda?

Darda.

Gott nur kann's! Ich weiß es wohl.
Drum ist mein Herz auch schwer, denk ich den Ausgang
Deß, das wir wünschen.

Chalkol.

Steil ist wohl der Weg
Zu ihm hinauf, doch unersteiglich nicht.
So schnell, wie du, will ich zurück nicht sinken.
Du *) schweigst, mein theurer Freund, der bald dahin
Nun geht, wo Freunde keine Thränen scheiden,
Wie wir um Salomo vergiessen müssen.

Heman.

Wenn auch mein Leib mir nicht die müde Seele
Belastete; so wär der Schmerz um ihn
Doch stark genung, unfähig mich zu machen
Zur Heilung seiner Todesvollen Wunde.
Was kann ich thun, als Abschied von ihm nehmen?

Chalkol.

Das laßt uns alle thun. Drauf geh ein jeder
Zu seiner Hütt hinab, zur stillern Heman.
Doch eh wir's thun, erinnr' ihn jeder noch
So stark er kann, an den, von dem er wich.

B 3   **Darda.**

*) Zu Heman.

Darda.

Verlaſſen ſollt ich ihn?

Chalkol.

Ja, ihn verlaſſen!
Vielleicht erſchüttert dieſes ſeines Stolzes
Verſtiegne Weisheit.

Darda.

Nein, er iſt nicht ſtolz!
Er irret nur. Verlaſſen? Das, ihr Freunde,
Das kann ich nicht!

Chalkol.

Um ihn zu retten, nicht?

Darda.

Wer ſagt mir, daß ich ihn dadurch errette?

Chalkol

So bleib denn, Zeuge ſeines Götzendienſtes
Und im Gericht ſein härterer Verkläger
Zu ſeyn!

Darda.

Vor bitterm Schmerz möcht ich verſtummen!
Denn ach, du redeſt wahr.

Heman.

Es iſt zu viel
Für mich, und mein ſchon faſt erſtarrter Leib
Erliegt. Ich muß von euch, eh ich ihn ſehe,
Mich trennen. Nehmt denn meinen letzten Segen,
Ihr Theuren, von mir an, auch, Sarja, du,
Ob ich dich gleich in meinem Leben einmal
Nur ſah, zum Grabe, weg von dir zu gehn.
Mit euch ſey Gott! Ihr müſſets noch erleben,
Dis Labſal müß euch einſt im Tod erquicken,
Ach, mich erquickt es nicht! daß Salomo
Zu dem noch wiederkehrt, von dem er wich;
Deß Herrlichkeit er ſah auf ſeines Tempels
Altär' herunter flammen; Wer liebt ihn
Und mich ſo ſehr, daß er zuerſt mir dieſe Botſchaft
Hinüber bringen will?

Chalkol.

Ich, Heman!

Darda.

Ach, wer eilte
Nicht gern zu dir zuerſt hinüber, und brächte
Dir dieſe Botſchaft?

Heman.

Heman.

Aber was soll ich
Von ihm zu David sagen, wenn ich komme?
Ihr alle seyd verstummt. Was soll ich sagen,
Wenn nun sein grosser Vater aus dem Glanze,
Der ihn umgiebt, zu mir herunter strahlt,
Und freudig seines Sohnes Namen nennt?

Darda.

Ach, leb, o Heman, noch, damit auch du
Des Sohnes Namen vor dem Vater freudig
Aussprechen könnest.

Chalkol.

Meint ihr denn, der Verderber,
Der siebzig tausend schlug von Berseba bis Dan,
Der stehend zwischen Erd und Himmel hielt
Ein blosses Schwert in seiner rechten Hand,
Und von Arafna's Tenn' es über Salem
Ausstreckte, habe nicht schon Salomo
Mit Molochs Namen an des Richters Throne
Genannt?

Darda.

So sage David denn von ihm,
Daß wir für ihn zu Gott um Rettung weinen,
Und fleh ihn an, daß er mit unsern Thränen
Die Heiligen, erhörteren des Himmels
Vermische.

Heman.

Leitet *) mich; ich sinke sonst!
Es dämmert sehr um mich. Gebt mir, ihr Theuren,
Auch einen Segen mit, den: Sanft zu sterben!

Darda.

Ich seh, o Heman, dich mit Ehrfurcht an,
Dich fast unsterblichen! Wir sollen dich?
Du mußt uns, Heman, segnen.

Chalkol.

Schaut ihn an!
Sein Haupt ist noch nicht grau, und doch .. O Salomo!
Sein Gram, sein bitterer Gram um dich, ergriff,
Zwar langsam tödtend, aber dennoch tödtend,
Ein schleichend Feuer, ihm sein Mark und Bein:
Und, sieh, er stirbt! .. Er war dein Freund, der stirbt!
Verstumm in mir, Verwünschung.

B 4   Heman.

---

*) Sie führen ihn zu einem Sitze.

Heman.

Ja verstummen
Laß sie, und klag ihn so nicht an. Ich lege
Mich hin, und sterbe, weil ich sterblich bin.
Das ist es alles.

Chalkol.

Wo ist, du Geliebter,
Dein Grab?

Heman.

Bey Ethans Grab.

Chalkol.

Ich trage dir
Die Todesfackel! Laß zu deiner Linken
Mich schlummern.

Darda.

Mit Arabiens Gerüchen
Umwind ich dir dein Haupt und Herz! Laß mich
Zu deinen Füssen ruhn. Doch segne mich
Eh du entschläffst.

Heman.

Ich hab euch schon gesegnet.
Erlebts, wonach ihr . . .

Zweyter Auftritt.

Die vorigen. Salomo.

Salomo.

Sey gegrüßt, o Sarja,
Mein alter Freund.

Sarja.

Mein Herr, und König; Gott
Verleih dir langes Leben.

Salomo.

Langes Leben?
Das werde dir! Ich hielt dich todt. Du kömmst
Aus Ophir endlich wieder?

Sarja.

Auch vom Nilus.
Viel Menschen sah ich, und viel Müh und Elend
Der Menschen. Satt binn ich, was unter der Sonne
Geschieht, zu sehn. Mich theilten Freud und Schmerz:
Du! und mein Vater! Denn, den frommen Greis

Zu sehn, das hofft ich nicht.   Doch wie es war,
So ist's nun auch.   Mich theilen Freud und Schmerz;
Ich kam vom Jordan her.   Der Tag brach an,
Nach meiner Wandrung letzten Nacht.   Ich sah
Jerusalem; und ach vor ihr, auf ihren Höhn,
Den Chamos, und so gar den fürchterlichen Moloch!
Da glaubt ich, du wärst todt! doch, ach, du lebst!

Salomo.

Wer machte dich zum Richter meiner Thaten?

Sarja.

Zum Richter nicht, doch zum Erinnerer,
Macht mich die Furcht des HErrn, und meine Freundschaft.
Du weißt, ich bin ein Mann voll Ernst und Einfalt:
Dazu, die eitle Müh der Menschen, die ich sah,
Hat sie mir kleiner noch, als sonst, und Gott
Nur groß macht.

Salomo.
Am Nilus warst du, Sarja.

Was hast du dort gesehen?

Sarja.
Einen König,

Den ich verachten muste.

Salomo.
Sisack meinst du?

Der herrscht doch noch?

Sarja.
Ja der! doch herrscht mit ihm,

Wer keinen Waisen kennt; der Wittwen Sache
Nicht hört; und schnell unschuldig Blut vergeußt!
So tritt der Schwelger unter seine Füsse
Das göttlichste Geschenk, das Gott auf Erden
Den Menschen gab, die Macht, Unzähliger
Glückseligkeit zu seyn! Auch ist bey Sisack
Ein Mann aus Ephrata, dein Feind, der wohnt
In seiner Burg, und ist gewaltig im Lande.

Salomo.

Wie heisset dieser Mann?

Sarja.
Jerobeam.

Salomo.

Jerobeam bey Sisack? O ihr Götter!

Chalkol.

Die nennest du? Und dennoch, hat ihn Gott

B 5   Dahin

Dahin gesandt, der Gott, der ihm zehn Stämme
Und Rettung gab, als du ihn tödten wolltest.

Sarja.

Erstaunen und Entsetzen überfällt mich! Ihn tödten?
Was saget ihr?

Chalkol. *)

              Darf ich davon mit ihm
Vor deinem strengen Blicke reden?

Salomo.

                   Fragst du,
Eh du, vor mir, mit einem Freunde sprichst
Von Dingen, die geschahn?

Chalkol.

             So hör denn, Sarja.
Als Salomo die Höhn errichtet hatte,
Da kam zu ihm der Seher Davids Gad.

Sarja.

Mein Vater Nathan nicht?

Salomo.

             Wär der gekommen:
So wärs nicht, wie es ist.   Ich kenne Gad
Und den aus Silo nicht genung.

Chalkol.

             Du klagst
Des HErrn Propheten jetzt, als Täuscher, an?
Das thatst du nicht vor dem, das thust du nur,
Seit dem du Molochs Priester kennst. Ich schweige,
Und wiederholen mag ich nicht den Ausspruch)
Des Gotts der Götter, den du so entweihst.
O wär nicht David, nicht Jerusalem:
So würden früher dir die Stämme genommen:
So wäre der Erfüllung Donnerschlag,
In stillen Wolken, bis zu deinem Tode,
Zu schlummern nicht geboten.

Sarja.

            Fahr du fort!
Denn ich entweihe nicht den Ausspruch dessen,
Ders sagt und thut; Verheissung seys! 's sey Fluch!

Chalkol.

Entreissen wird der HERR, so sagte Gad
Zu Salomo, zehn Stämme deinem Reich!
Um Davids willen und Jerusalems,
Nicht dir, doch deinem Sohn! Und eben dis

Vernahm

*) Zu Salomo.

Vernahm Jerobeam von dem aus Silo.
Und gleichwol wollte der, den Gott mit zweyn
Der Worte seines Throns gewaltig schützte,
Den wollte Salomo erwürgen! Entronnen
Ist er, und sicher.

Sarja.

Ihn erhöht stets mehr
Aegyptus König. Denn dem ist es Freude,
Daß er ein Krieger ist. Kömmt er nur nicht
Mit Waffen, und befleckt die letzten deiner Jahre
Mit Kriegesblute.

Salomo. *)

Du, mein theurer Freund,
Ermattest sehr.

Heman.

Ich würd es nicht erleben,
Wenn auch sehr bald der Streiter Ephratas
Von Nilus käm, und deine grauen Tage,
Der du stets friedsam warst, mit Kriegesblut
Entheiligte?

Salomo.

Wenn Blut der HERR beschloß;
So säumt nicht ihr, du Bogen, und du Pfeil,
Die mir erkohren sind. Ertöne bald,
Du Bogen! rausch einher geflügelt, Pfeil,
Und triff!

Chalkol.

Der Rache rufst du? Weckst den Donner,
Der schläft?

Salomo.

Der Rache ruf ich nicht; doch bin ich
Zu leben satt!

Chalkol.

Ich auch. Denn mir sind alle Freuden
Dahin, seit dem du nicht mehr Gottes bist.

Salomo.

Bin ich nicht Gottes mehr, weil unerforschlich
Mir seine Wege sind? Kennt er mich nicht,
Weils mir zu schwer ist, ihn zu kennen? Kann
Ich entfliehn, von ihm beherrscht zu werden, wofern er
So tief sich niederläßt, mich zu beherrschen?

Chalkol.

*) Zu Heman.

Chalkol.

Er kennt dich!.. Sarja, *) dieser Schall verkündigt
Die jüngste Königinn. Sie kömmt, und zeigt
Die Knaben Salomo, die er dem Moloch
Heut opfern wird.

Sarja.

Dazu bin ich, so fern her,
Aus so unzähligen Gefahren; gekommen,
Daß ich dis säh? Willst du sie wirklich opfern,
O Salomo?

Dritter Auftritt.

Die vorigen. Semira. Zwo verhüllte Mütter
mit ihren beyden Söhnen Ein Chor .
Sängerinnen.

Semira.

Sieh da, wie dir die Königinnen
Die Knaben wählten. Der ist seiner Mutter
Ihr Erstgebohrner! Der ihr Einziger!
Junfrauen, fangt sein Lied dem Moloch an!

Die Sängerinnen.

Streuet Blumen vor ihm. Blendend und rachevoll
Glüht er! Lilien streut um den Altar herum,
    Daß die Knaben durch Blumen
    In des Glühenden Arme gehn!
Hallt, Posaunen, umher, daß, wer zu menschlich ist,
Nicht vernehme das Ach derer, die sterblich sind!
    Schweigt, Posaunen, daß Stärkere
    Hören, was sie im Tode flehn!
Ha! du glühest, du glühest, Moloch. Die Knaben sind
Schon durch Kränze geweiht. Hörst du? Der
                    Mütter Schmerz
    Seufzt, und ist dir des Jammerns
    Deiner Knaben Verkündiger.

Salomo.

Semira, nimm, statt dieser vielgefärbten,
Nur weisse Blumen. Denn unschuldig sind die Knaben.

                                        Chal=

*) Es wird von fern Musik gehört.

Chalkol. 1)

Nimm breite, starke, dick geschwollne Blätter,
Die dunkelsten von jenem Todesbaum,
Wie er in Ophir wächst, und dessen Hauch
Fern vergiftet, die nimm, und überschatte
Die Knaben ganz damit.

Semira.

Ha! Salomo,
Hat dieser keinen Sohn?

Chalkol. 2)

Mein jüngster ist
In dieser Knaben Alter.

Die eine Mutter. 3)

Herr! und König!
Erbarmung! Herr! und König! ach, Erbarmung!
Fall nieder, Kind! Er ist mein Einziger!
Und dieser Mann 4) hat viel!

Die andere Mutter.

Fall du nicht nieder, 5)
Du Todesopfer! Ohn Erbarmung ist er! ..
Ja, ohne Trost, und ohne noch Einmal
Eine Mutter zu seyn, so will ich sterben!
Geh du nur hin, und stirb, mein Erstgebohrner!
Ankläger im Gericht des Gottes der Götter!

Chalkol.

Laß mich zu meiner Hütte fliehn!

Salomo.

Bleib, Chalkol.
Geh, Königinn, in meine Sommerlaube.
Ich komme dort zu dir.

Vierter Auftritt.
Salomo. Heman. Chalkol. Darda.
Sarja.

Heman.

Ich kann nicht mehr!
Es ist das letztemal, daß ich dich sehe.

Noch

---

1) Zu Semira.   2) Zu Semira.
3) Sie fällt vor Salomo nieder.
4) Sie weist auf Chalkol.
5) Sie legt die eine Hand auf seinen Kopf.

Noch nie war ich so müd und satt zu leben.
Ich schonte dein bisher mit jenem Bilde
Von meines Leibes nahenden Verwesung.
Voll Freude dich zu sehn, flammt' ich oft auf,
Ein sterbend Licht, das dennoch bald erlosch.
Dis täuscht mit Hoffnung dich: ich werde noch leben!
O glaube mir, und laß mich Abschied nehmen.

                Salomo,
Du sollst nicht Abschied nehmen;

             Heman.

                     Keinen Abschied?
Nimmt ihn die Stimme nicht, so thuts das Herz!
Mein ganzes Herz, das oft in kalten Schweißen
Beynah schon brach, wenn nun um Mitternacht
Des Todes Schwerd mir durch die Seele ging.
Doch was ich litt, verkürz ich dir und euch,
Und schweige, gleich dem Grabe, das die Schrecken,
Der modernden Verwesung stumm verschließt.
Wie wenig glaubt ich, ach! zu jener Zeit,
Da unsre Freundschaft anfing, daß ich dich,
Würd ich vor deinem Tod hinauf versammelt,
Dich, wie du jetzo bist, verlassen würde,
Kaum wagts mein Mund, den Gram ganz auszusprechen!
Ach, wie du jetzo bist, . . . getrennet von Gott.

                Salomo.
Dir ist, das glaubst du, nur ein Hauch noch da.
Sey ruhig! kürz ihn meinentwegen nicht!

             Heman.
Wie gerne gäb ich ihn für dich; allein
Was hülf es dir? Ach sey du nicht zu ruhig!
Du weißt, wie zärtlich ich dich immer schonte,
Weil stets dein Wink zu reden mir verbot!
Ich war zu schwach. Soll ichs auch heute seyn?
Soll ich dir keinen Segen hinterlassen?
Dir flehn, daß du . . .

                Salomo.
              Ein Wurm den andern segnen;
Daß er im Staub ein wenig länger krieche?
Verlaß mich!

             Heman.
             Ja, ich will dich bald verlassen!
Was aber soll ich jenem großen Todten,
Der des künftigen Heils des HErrn gewiß war,
Was soll ich ihm von dir denn sagen?

                    Salomo.

Salomo.

Rede,

Was du zu reden haſt in dieſer Welt!
Das Grab iſt ſtumm.

Heman.

Verblende dich denn ganz!
Ich thue doch was meine Pflicht gebeut.
Wenn nun mein Geiſt, vom ſtummen Grabe fern,
Mit dem Jubelgeſang der Himmel aufſteigt,
Was ſoll ich dann von dir den Vätern ſagen?
Du ſchweigſt?

Salomo.

Ich ſchone dein.

Heman.

Du ſchoneſt dein!
Und willſt des ernſten, himmliſchen Gedanken nicht!
Er möchte dich, wenn er zu lebhaft würde,
Auf ſeiner Wage wägen, und zu leicht
Dich finden. Wenn ich nun an deſſen Thron,
Der richtet, lieg, und für die Gnade danke,
Durch die auch ich, auch ich gerettet ward,
Und dann vom Throne mir ein Donner ruft,
Und Davids Sohn zugleich mit Moloch nennt!

Darda.

Hör auf! Er iſt bis in der Seele Tiefen
Erſchüttert! Schon' ihn!

Salomo.

Ja, bewegt bin ich;
Nicht überzeugt!

Heman.

Ich ſchon ſein zu oft!
Was ſoll ich deinem Vater ſagen?

Salomo.

Sag ihm,
Geh, ſag ihm . . . ach ich träume faſt wie du!

Heman.

Mein theurer Freund, noch nie war meine Seele
So lebhaft ihres Wachens ſich bewußt,
Als itzt. Je mehr mein Leib danieder ſinkt,
Je heller flammt mein Geiſt empor, je ſtärker
Empfindet er, daß ſein Gefährt nur ſtirbt,
Nicht er.

Salomo.

Du weißt, ich liebe dich, und gönne
Dir deine Ruhe gern!

Heman,

Heman.

Könnt' ich die Ruhe
Von Gott erflehn in meiner Todesstunde!

Salomo.

Sprich mir nicht von erflehn! hört Gott denn herunter
Auf eines Staubs Gebet? deins? oder meins?

Heman.

Zerrissen, Salomo, und tief verwundet
Ist deine Seele. Kannst du, scharfer Forscher,
Auf einen Augenblick nur glauben, daß etwas
Dem Ewigen groß, oder klein sey?

Salomo.

Klein ist
Das Kleine, groß das Grosse, selbst vor dem,
Der Beydes machte... Doch du kamst, um Abschied
Von mir zu nehmen. Thus! nur nicht auf immer;
Den nehm ich nicht. Ich sehe dich noch wieder.

Heman.

Mich wieder? Ja, doch nicht in dieser Welt!
Mein sterblicher, jetzt sterbender Genoß,
Mein Leib wird mir zu schwer! Ich muß nun gehn.
Noch lange lebe denn!

Salomo.

Nicht dieser Abschied;
Sonst flieh ich dich.

Heman.

Ach lebe lange noch,
Zu Gott .. von dem du wichst .. zurück zu kehren.
Verlangst du dieß? Und soll ich dein Verlangen
Dem grossen Todten sagen, der dich zeugte?

Salomo.

Bin ich von Gott gewichen? Können wirs?
Was können wir? Führt er uns Arme nicht,
Wies ihm gefällt? Läßt er uns nicht vielmehr
In Staub uns krümmen, bis wir drinn verwesen?

Heman.

Bey dem, der ewig lebt, ach, denk nicht so
Von ihm! Lern, Salomo, des Hohen Höhe;
Und denk nicht klein von Gott. Groß ist der HErr,
Daß er sich aller, die er schuf, erbarme!
Zu dem geh ich. Was soll ich von dir sagen
An seinem Throne? ... Daß du wiederkehrst?

Salomo.

Ich wich nicht ab!

Heman.

Heman.

Du Fels im Meere! du stolze,
Du hohe Stirn; auf'ewig deines Wahns!
Das ists, das soll ich dem, der richtet, sagen?

Salomo.

Verlaß mich!

Heuman.

Wärs zum letztenmale nicht,
Daß ich dich sehe, würd ich schnell gehorchen;
Allein ein Zweyter noch, (den fürchtet ich,
Den nicht!) ein trüberer, ein grauenvoller,
Ein blutender, mein ganzes Herze blutet;
Ein Abschied voll Entsetzen ist mir übrig!
Entfernt auch von den schwächsten Hoffnungen
Des Wiedersehns, ein ewiger! .. Denn, ach!
Du wichst nicht ab! Stein ist dein Herz; dein Auge
Nacht! . . .

Salomo.

Heman auch, der immer sanfte Freund,
Kann Heman so mit seinem Freunde reden?

Heman

Erinnerung! ein Dolchstoß in mein Herz;
Ein Mord in Mark und Bein, itzt, da ich Abschied
Auf ewig nahm. Ich war dein Freund; ach könnt ichs
Noch seyn! Gott lieb ich mehr! Ich ehre dich;
Gott bet' ich an! Entscheide du nun selbst;
Ob ich, als einen Freund, den lieben dürfe,
Der Gott verkennt, aus starren Eigensinn.
Aus Stolz!

Salomo.

Ich bet' ihn tiefer an, als ihr;
Denn mir ist er, die Menschen zu beherrschen
Viel zu erhaben.

Heman.

Will der HErr so tief
Denn angebetet seyn? Hat er es nicht
Uns offenbart: Er sey der Menschen HErr?
Doch dein Verstand nicht irret; nur dein Herz
Empört sich, und ist der Wahrheit Hasser.

Salomo.

Dein Leib, der itzt mehr Erdwärts sinket, trübt
Umnebelt deine Seele. So geschwächt,
Glaubst du, ich sey der Wahrheit Hasser. Heitre

C

Dich,

Dich, Heman, auf, und denke nicht zu viel
Hinab ins Grab, und seine schwarze Schrecken.

Heman.

Ich denke mehr hinauf. Denn nicht mein Geist
Verwest.

Salomo.

               Hinauf? Wohin denn?

Heman.

                          Salomo,

Nach deinem Vater.

Salomo.

                    Bist du denn so sehr,
So fest gewiß, daß etwas anders noch,
Als zum Gebein Gebein versammelt werde?

Heman.

Ich bins! Und einst, du seyst es, oder nicht;
Wird doch dein Geist zu andrer Todten Geistern,
Vielleicht zu deiner Väter Seelen kommen!
Entsetzliches Vielleicht! .. Mit dem soll ich
Nun durch die Nacht der Todesschatten gehn! ..
Mein Weilen greift zu sehr mich an. Ich sinke
Beynah vor dir. Ich würde, säumt' ich länger,
Vor deinen Augen sterben.

Darda.

                 Komm, du Bester,
Ich bleibe, bis ans dunkle Thal, bey dir

Heman.

Nun, Sohn des frommen Manns, zu dem ich gehe,
Nun, Salomo, so scheid ich denn von dir! ...
Auf ewig?

Darda.

           Schweig! Es wird rings um mich Nacht;
Erbarmt euch mein! Ich halte diesen Abschied
Nicht aus, dieß Weggehn nicht, und dieß Verstummen;
Die letzten, letzten Blicke nicht! Nein, Heman,
Du Theurer, so will ich nicht Abschied nehmen,
Ich will dich wiedersehn, dich wiedersehn!
Das soll dein Todesblick mir freudig sagen;
Mein Auge dich alsdann hinauf begleiten
Zu Gott.

Salomo.

         So ist es denn beschlossen, Heman!
So gilt es denn das fürchterliche Scheiden,

                                     Das

Das ernste, letzte, letzte Lebe wohl,
Ach wessen? Eines Freundes?

Heman.

Ernster ist
Auf Erden nichts, und selber nichts im Himmel,
Als dieser Abschied, als dieß bange, letzte,
Nicht Lebe wohl! das nicht; ach, dieß letzte
Verstummen.

Darda.

Säume nicht. Du sinkest ja!
Und, ach, zu sichtbar deckt die Todesblässe.

Salomo.

Bey Gott beschwör ich euch! Verlaßt mich nicht!

Chalkol.

Bey Gott?.. Beym Moloch?

Fünfter Auftritt
Salomo. Sarja.

Salomo.

Ha, zu viel war das!
Der Abschied! Und das andre Dolchwort: Moloch!
Zu viel zum Ueberleben.

Sechster Auftritt.
Sarja.

Engel des Himmels!
Wie trauervoll war das!.. Was soll ich thun?
Was nicht? Wie sie, ihn auch verlassen? Ihm
Nacheilen? vor ihm niederfallen? flehn,
Daß er, mit Thränen flehn, zu Gott umkehre?
Soll ich hinab zu meiner Hütte gehen,
Und über ihn mit meinem Vater weinen?
Was soll ich thun?.. Dazu kehrt ich zurück?
Dazu? Ach, Salomo, mein Freund! mein Freund!
Von welchr Höh bist du herabgestürzt.

Dritte

Dritte Abhandlung.

Perſonen.

Salomo.	Die Sänger.
Chalkol.	Semira.
Darda.	Die Sängerinnen.
Zepho.	Die eine Mutter.

Erſter Auftritt.

Salomo.　Chalkol.

Salomo. *)

Es iſt beſchloſſen, Chalkol!

Chalkol.

Nicht als Freund,
Als König, haſt du mich zu dir gerufen.
Drum muſt' ich kommen.　Was beſchloſſeſt du?
Der Knaben Leben? oder ihren Tod?
Noch hallt der Berg.　Soll ich hinauf gehn, deinen Wink
Verkündigen?

Salomo.

Der Knaben Schickſal laß
Den Göttern.　Mich und dich gehn ſie nichts an.

Chalkol.

Ihr Blut geht nah dich an, ſehr nah!

Salomo.

Es fall
Ihr Loos nun, wie es kann.　Ich habe nichts geboten.
Doch wenn mein Schweigen nicht die Königinnen hält;
So ſterben ſie.

Chalkol.

*) Indem er mit Chalkol aus der Sommerlaube tritt.

Chalkol.
So rufet gegen dich

Ihr Blut gen Himmel.

Salomo.
Schweig. Was Wichtigers
Beschäftigt meine ganze Seele. Beschlossen,
Beschlossen ists!

Chalkol.
Und was hast du beschlossen?

Salomo.

Zu sterben! . .

Chalkol.
Das? sehr laut weckst du der Erfüllung
Verborgnen Donner auf.

Salomo.
Ich geh hinüber,
Zu sehn, was Wahrheit sey.

Chalkol.
Vielleicht siehst du
Dort keine Wahrheit mehr, allein Gericht
Siehst du gewiß!

Salomo.
Ob dieß auch Wahrheit sey?
Drum geh ich auch!

Chalkol.
Du könntest hier sie lernen.

Salomo.
Hier, Chalkol? Ehmals wähnt ichs auch wie du.
Ruf mir Rehabeam.

Chalkol.
Was soll der Jüngling?

Salomo.
Ein kleiner König seyn.

Chalkol.
Klein, oder groß!
Wie Gott sie macht, so müssen alle seyn,
Der König, und der Wandrer ohne Hütte;
Und so, so ist es gut!

Salomo.
Allein, wenn Elend,
Von Elend überlastet, auf uns stürzt;
So ist das ein laut Geheiß, Glückseligkeit
In einer andern Welt zu suchen.

C 3

Chal=

Chalkol.

Gott

Gebietet also nicht. Gebietet er;
So sendet er den Tod.

Salomo.

Wie weist du das?

Chalkol.

Von Sinai.

Salomo.

Hat das der Sinai gesagt?
Er sagt es nicht. Bring mir Rhehabeam.

Chalkol.

Ich könnte gehn, und würd auf mich dein Blut
Nicht laden, wenn ich dir auch nichts mehr sagte.
Allein ich war dein Freund. Mit meiner Freundschaft,
Und jedem Ernste, der sie heilig macht,
Beschwör ich dich: Ruf nicht, durch einem Selbstmord,
Mit dieser Donnerstimme nicht, der Rache
Des Ewigen.

Salomo.

Das thu ich nicht. Wir beyde
Verwesen einst. Das ist es alles, Chalkol.

Chalkol.

Verwesen, oder nicht verwesen, entscheidet
Die grosse Sache nicht. Dem HErrn gehorchen
Entscheidet nur. Allein, du hörst mich nicht.
So höre denn das Urtheil jenseit des Grabes,
Das deiner wartet! . . . *) Wenn hier einer schwebt
Der Engel Gottes, welcher Mitleid hat;
So zeige bald dein Mitleid, Engel Gottes!
Denn, schau, am Abgrund steht er dicht, ganz nah
Am Tode.

Salomo.

Was erschüttert deine Seele
So ungestüm? Was sagt die bange Stimme,
Die bricht und stirbt? Du fluchtest mir doch nicht?

Chalkol.

Das that ich nicht. Doch hätt ich dir geflucht;
Was würd es dich denn kümmern? Dich, der Gottes
Fluch verachtet, und ihn, als wärs ein Säuseln,
Das fürchterliche Wetter Gottes von Ebal,
Als wärs ein sanftes Wehn, vernimmt.

Salo-

---

*) Er wendet sich von Salomo weg.

Salomo.

Ich kenne
Nichts Sanftes mehr; Sturm ist mein Herz, und Wetter,
Und Todesnacht! Du wirst auch kommen, Stille
Des Todes, wirst, du schreckenvolle Stille!
Auch kommen.

Zweyter Auftritt.

Die vorigen. Darda.

Darda. *)
Da ist Hemans kalte Hand!
Und dieser ist sein Abschiedskuß an dich.

Salomo.
Auch deine Hand ist kalt von Tod... Ihr Götter!
So hat er denn den fürchterlichen Schritt
Gethan?

Darda.
Den fürchterlichen? Freudig ist er
Den Flug zu Gott geflogen. Stürben Engel;
Sie stürben so.

Chalkol.
Ich folge dir, mein Heman!
Vergossen ist sein Blut zwar nicht; doch wärs
So früh noch nicht erstarrt: wofern du nicht...
Ich schweige!.. Doch wird dir in deiner Todesstunde
Auch deines Freundes Blut, wie ich verstummen?

Salomo.
Du machst es stets in meiner Seele finstrer;
Laß ab von mir. So komm ich nicht zu Gott!
Ach, meines Hemans Blut ruft nicht um Rache;
Er war mein Freund, und sanfter, als du bist.

Chalkol.
So denkst du noch daran zu Gott zu kommen?
Sey heiliger, durch diese Wiederkunft,
O unsers frommen Freundes Todestag!

Salomo.
Was sagt' er denn zuletzt von mir?

Darda.
Mir fehlt
Die Kraft, ihm nachzusprechen, wie er sprach,
So sterbend' er auch war. Die Seegen Gottes

C 4   Die

*) Zu Salomo, indem er ihm die Hand reicht, und ihn küßt.

Die beine Jugend überströmten, fleht' er
Auf dich herab.

Salomo.

Und werden sie auf mich
Herunter kommen? Ach, noch fühl ich keinen.
Erhöret dieses Sterbenden Gebet
Der HErr nicht; so erhört er keins! doch sage:
Blieb er denn stets gewiß, er sey unsterblich?

Darda.

Die Augen brachen ihm; er bliebs! Er hörte
Kaum meine Worte mehr; und bliebs! Sein Stammeln
Sprach noch von dir, und von Unsterblichkeit.

Salomo.

Ein Licht, das schnell noch einmal aufflammt, schnell
Erlöscht. Das ist es alles... Hat denn etwa
Ihn Gott erhört? Ihr sagts doch nicht? Du *) willst
Zuerst ihm folgen? Ich, ich will zuerst
Dem theuren Heman folgen.

Chalkol.

Sehr bewegt
Warst du; und doch führt dich selbst dieser Todte
Zu Gott nicht; wer kann dich zu ihm nun führen?

Salomo.

Nicht Wehmuth, Strenge nicht, der Tod!

Chalkol.

So hofft du
Unsterblichkeit?

Salomo.

Ich wünsche sie, und will
Sie suchen da, wo sie zu finden ist;
Wenn sie das ist.

Chalkol.

Du findest ganz gewiß
Unsterblichkeit; doch welche schreckenvolle,
Wenn du sie also suchst.

Darda. **)

Will Salomo
Sich selber tödten?

Dritter

*) Zu Chalkol.   **) Zu Chalkol.

Dritter Auftritt.

Die vorigen. Zepho. *)

Zepho

Siebenmal ist schon
Die Glut im Moloch wieder angeflammt;
Voll Erwartung stehn, und bleich die Königinnen;
Fast athemlos erschallen die Posaunen;
Die Mütter liegen bey den Opferknaben
Beynahe todt! und doch will unser Gott,
Daß sie die Knaben sterben sehn und hören.
Und selbst der Weihkranz um der Opfer Haupt
Verwelkt vor Glut; und doch gebeutst du nichts?
Noch säumst du? Sollen denn die Königinnen,
Vor ganz Jerusalem, voll Schaam zurücke gehn?

Salomo

Habt ihr noch nicht geopfert? fleuch!

Vierter Auftritt.

Salomo. Chalkol. Darda.

Salomo. **)

Erblickst
Du den Boten, Darda?

Darda.

Ueber Hemans Tod
Ist noch mein Blick von Thränen trüb, ich seh
Den Boten nicht.

Chalkol.

Ich aber seh ihn eilen.
Von ihm fliegt Staub zurück, zurück sein Haar.

Salomo.

Eil, eil ihm nach, und bring ihn her zu mir.

Fünfter Auftritt.

Salomo. Darda.

Darda.

Des Boten Schritt wird Chalkol nicht erreichen,
Sehr schnell wandt er sich um, und hörte kaum,

Was

*) Er kömmt sehr eilend.   **) Nach einigem Stillschweigen.

Was du ihm sagteſt, aus. So werden denn
In dem glühenden Arm die Opferknaben
Zerfloſſen ſeyn, eh Chalkols ferne Stimme
Vernommen wird. Du ſchweigſt?

Salomo.

Ach, wär ich nur
Auf ewig ſchon verſtummt. Es ſind nur zween!
O wärens mehr! ſo würd ihr Blut mich ſchrecken!
So würdeſt du, Verzweiflung, endlich mich
Ergreifen, ungeſtüm hinunter mich ſtürzen;
Denn hinunter ins Thal des Todes will ich!
In ſeine Tief hinab.

Darda.

Wer biſt du geworden?
Sehr menſchlich warſt du ſonſt. Jetzt wünſcheſt du
Mehr Blut noch. Schreit denn dieß nicht laut genug?
Weckt'ſt denn nicht ſtark genug das ſchon vergoſſne
Aus ſeinem ſchlummernden Verſtummen auf?

Salomo.

Wohlan! ich will allein, und ohne Blut,
Mit kaltem Ernſt, und nicht von dir, Verzweiflung,
Ergriffen, ſo will ich hinunter gehn.
Sey ruhig wegen meiner Menſchlichkeit!
Aus keines Kindes Wunde ſoll mehr Blut,
Kein Blut mehr aus der bangen Mutter Auge,
Aus dieſen ſtarren Adern ſolls nur flieſſen.

Darda.

Beſänftige Salomo dein Herz, und überdenk
Noch Einmal deinen fürchterlichen Entſchluß!

Salomo.

Wen Elend, wie mein Elend iſt, umringt
Der mühet ſich umſonſt zu überdenken.
Das Elend reißt ihn fort!

Darda.

So wende dich
Zu Gott.

Salomo.

Ach, eiſern war für mein Gebet
Sein Himmel.

Darda.

Gott ſchickt oft zum Leidenden
Erhörung ſpät herab. Doch ſchickt er ſie.
Wie kennen wir der Hülfe Weg, den er
Im Dunkeln wandeln wird?

Salo=

Salomo.

Hier hilft er nicht.

Er überläßt die armen Menschen sich selbst
Dort, wenn ein Dort für uns bereitet ist,
Dort hilft er. Drum laß mich zu Heman gehn.

Darda.

Verzweiflung reißt dich fort! Sie bringt zu Heman nicht.
Drum bleib bey uns.

Chalkol.

Um länger zu verwesen?

Dieß auf des Alters Lager zu beginnen?
Zu endigen im Grabe?

Darda.

Dieses ist

Das allgemeine Loos der sterblichen Menschen.

Salomo.

Ists minder traurig, weils auf Aller Haupt
Ach! auf ein ganz Geschlecht der Schöpfung fiel?

Darda.

Dort, in den Sommerlauben um uns, sind
Der sanften Harmonien Chöre. Sie warten
Auf dein Geheiß. Sonst konnte deine Seele
Der Sänger heitern, und des sanften Liedes
Begleiterin, die leise goldne Sayte.

Salomo.

Macht, was ihr wollt, doch überlaßt mich nur
Mir und meinem Entschluß.

Darda.

Ich seh es stäuben

Von fern, und einen in dem Staube kommen.
Ich kenn ihn nicht. Doch deucht michs Chalkol. Langsam
Geht er einher.

Salomo.

Es komme, wers auch ist,

Schnell, oder säumend.

Darda.

Nun erkenn ich Chalkol.

Er ists, und traurig zögernd naht er sich.
Die Knaben sind dahin; Ihr armen Mütter!
Nicht jene nur, so die nun Todten gebahren,
Ihr andern auch, ihr Mütter Israels,
Die dieses sahn.

Salomo.

Was sahn?

Darda.

Darda.
Was Chalkol uns
Bald sagen wird.

Salomo.
Erwarte es, Darda, denn!

Darda.
O müst ichs nicht erwarten! Wär ein Schatten
Von Hoffnung nur, ihr Blut sey nicht geflossen.
Es floß, es floß! Ihr Unglückseligen!
Ihr Mütter! .. Jetzo gekränzt, und lebend, und blühend!
Todt dann, auf einmal todt! schnell Staub darauf!

Sechster Auftritt.

Die vorigen. Chalkol.

Darda. *)
Haft du uns nichts zu sagen, Chalkol?

Chalkol.
Nichts!

Darda.
Warst du nicht auf dem Berge?

Chalkol.
Lieblich weht
Auf ihm die Morgenluft.

Darda.
So eiltest du
Der Königinnen Boten denn nicht nach?

Chalkol.
Empor geschwungen müsse dessen Sohn,
Müsse blutig herab an einen Eckstein
Geschmettert werden! und sein alter Vater
Zerquetscht, zermalmt von ehrnen Wagen der Krieger,
Wer ohne Thränen sehn kann, was ich sah.

Darda.
Schon' unser, Chalkol, und erzehle nichts.

Chalkol.
Hier schweigen? hier? der Sohn des Abgrunds kam
Mir schnell zuvor. Und, opfert, rief er, hinauf!
Zum Altar, opfert! Gleich begannen die Priester

Ihr

*) Nachdem Chalkol eine Weile stillschweigend stehn ge-
blieben ist.

Ihr dumpfes Murmeln; ihren Todtengesang
Posaun und Cymbel. Auf erhabnen Stufen,
In doppelter Reih, und dicht zusammen gedrängt
Bis ganz hinauf zum Moloch standen sie,
Und reichten sich die Knaben, ein Verderber
Dem andern, zu. Beym Fuß ergriffen sie die Knaben!
Die weinten laut; und laut erscholl umher
Ein Mitleid, Salomo! das du nicht hättest;
Darauf - - Schnell zischt' und floß am Glühenden
Ihr schwarzes Blut und Hirn herab. Da verhüllten
Die Mütter alle sich! . . . Verhüll dich auch
Damit du nicht, das fürchterliche Schweben
Der Seelen um dich sehst.

Salomo. 1)

                           So sind sie todt?
Sind wirklich todt? . . . Du schreckst mich, Blut . . .
                           Gehorcht' er dir
Denn nicht? dir nicht?

Chalkol.

                           Er sah mich hinter sich,
Und zum Gewittersturm ward seine Flucht!
Ich ruft ihm nach! Allein des Lechzenden
Erstorbne Stimme hört' er nicht, und hätte
Selbst eines Donners Stimme nicht gehört.

Salomo.

So lang ich Moloch opfre, hat mich niemals noch
Der Knaben Blut erschreckt. Jetzt daucht michs, ich höre
Ihr Jammern um mich her.

Chalkol. 2)

                           Schrey laut, o Blut!
Ruf ihn zurück, o Gott!

Salomo.

                           Bringt mir die Sänger
Mit ihren Harfen her, daß meiner Seele
Diese Bilder entfliehn, und sich zur Stille
Mein Herz besänftige. 3)

Darda. 4)

                           Die Sänger sind
Versammelt schon durch mich im Hain um uns;

Und

---

1) Nach einigem Stillschweigen.
2) Er wendet sich weg.
3) Er setzt sich nieder.
4) Zu Chalkol leise.

Und Wehmuth hat für ihn ein Lied von mir
Geweint.

Siebenter Auftritt.

Salomo.　　Chalkol.

Chalkol.

Gott segne dich!

Salomo.

Wird mich der HErr
Erhören, wenn er auch die bessern Menschen
Erhört?

Chalkol.

Gott segne dich!

Salomo.

Und dich erhöre
Gott! Aber ach, was hilft der bange, schwache,
Der hoffnungslose Wunsch, wenn er, belastet
Von oben her, wie Kains Opfer, nieder
Zur Erde wallt, und nicht gen Himmel kömmt?

Chalkol.

Ist denn dein leidend Herz des Ausgangs Herr!
Tief sink es hin vor Gott; so wird dein Wunsch
Das Opfer Abels seyn.

Achter Auftritt.

Die vorigen.　　Darda.　　Die Sänger.

Darda.

Du hast geboten
Die Sänger herzuführen.

Salomo.

Laß ihr Lied
Versuchen, obs vielleicht mein Herz erfrische.

Die Sänger.

Ein Sänger.

Jonathan, ach du eilst von mir weg, du Edler in Juda!
　Auf der Höhe des Bergs, sankst du im Tode dahin.

Der Andre.

David, ich lasse dich hier, und warte deiner in Hainen,
　Wo der Bogen nicht tönt, und es vom Schilde nicht strahlt.

Der

Der Erste.

Ach ich muß noch zuvor viel Köcher hören, und viele
Rauschende Speere! den Tod weissagt ihr glänzender Fluß.
Sagt es nicht an zu Gath; In deinen Thoren, o Asklon!
Walle kein wolkigter Staub eines Verkündigers auf!
Daß sich nicht freun die Töchter der Unbeschnittnen Philista
Töchter keinen Gesang tanzen im Taumel des Siegs!
Thauen nicht muß es auf euch, noch regnen, ihr Berge Gilboa;
Euer Gefilde sey dürr; gebe dem Opfer nichts!
Denn auf euch ward Helden ihr Schild herunter geschlagen,
Jonathans Bogen, der nie fehlte, so oft er erklang.
Lieblich warst du, warst huldselig im Leben. So leicht war
Nicht der Adler; so stark war nicht der Löwe, wie du!
Weint ihn, ihr Töchter Israel! rosinfarbne Gewande
Decken die Klagenden! Gold decke sie Kleinod und Gold.

Der Andere.

Ja, zur Thräne, daß festliche Kleid! Denn da wo ich nun bin,
Fleugt der rauschende Pfeil, senfzt der Erschlagne nicht mehr;
Denn in dieser Wohnung der Ruh, den Hütten der Freundschaft,
Wart ich derer, die mich klagen, und weine nicht mehr.
Abgetrocknet ist mir des Lebens Kummer. Gefallen
Bin ich zwar in dem Streit; aber wie glücklich bin ich!

Der Erste.

Leid ist mir es um dich, mein Bruder Jonathan. Freude
Hatt' ich und Wonn an dir; aber die ist nun dahin.
Deine Liebe war mir viel theurer, als die Liebe der Frauen!
Ach der warst du, mein Freund, der, du mein Jonathan, mir;

Der Andre.

David, was wäre die Freundschaft, wofern sie unsterblich nicht
wäre;
Müde zu leben und satt kömmst du, mein David, zu mir.
Ach, ich enthüllte dir gern die dunkeln Pfade des Todes!
Der die Leben beherrscht, deins und das meine, verbeuts.
Aber wenn du herauf zu meiner Umarmung zurück kömmst
Dann .. mir ruft mein Gefährt! David; dich segne der
HERR.

Der Erste.

Wenn, wenn werd ich ihm folgen, ach, meinem Jonathan
folgen?
Wenn mir jene, die mir Gott, der Errettende, gab?
Meine Kinder? O Hoffnung des bessern unsterblichen Lebens,
Meine Kinder, mein Freund, alle versammelt um mich;
All' in den Hütten der Ruh versammelt, wo keiner Mutter
Augen Wehmut entflieht! Wunden der Söhne kein Blut.

Neunter

Neunter Auftritt.

Salomo. Chalkol. Darda.

Salomo.

Jetzt war er denn bey ihm! ... und seinen Kindern! ...
Doch Absalon? und einst, die nun noch leben? ..
Du weißt es, HErr! ... So segnete mein Heman
Mich, Darda, noch? O dunkle Nacht, die nun
Sich zwischen mir und euch gelagert hat!
Und keine Thrän erfleht, Verborgner, dich,
Licht in die dunkle Nacht zu senden!
Von denen, die ich sonst vergoß; denn jetzt
Sind Thränen mir versagt.

Chalkol.

Die Rettung kömmt
Zur Zeit, die Gott ihr setzt.

Salomo.

Mir kömmt sie niemals,
Ja niemals! Täuscht mich nur mit keiner Hoffnung,
O meine Freunde, mehr! ... Es übertrift
Was jemals Freundschaft war, selbst Davids Freundschaft,
Was ich entschlossen bin, um eurentwillen
Zu thun.

Darda.

Und was, du Bester aller Freunde?

Salomo.

Ich will, des Elends satt, gleichwohl den Tod
Erwarten.

Chalkol.

Nur um unsertwillen dich
Nicht tödten? aber nicht zurück zu Gott.
Dich wenden? Schnell hast du von dem Gefühl
Das erst dein Herz ergriff, dich losgemacht.

Darda.

O nenne nicht, entschlossen seyn zu leben,
Wenn du, in deinem finstern bittern Gram
Ganz unter zu sinken, auch entschlossen bist.

Salomo.

Was ich zu thun vermag, das thu ich. Mehr,
O Chalkol, fodre du von mir nicht! Hoffe
Nicht, Darda, mehr.

Darda.

Darda.
Vermag denn Gott nichts mehr?
Salomo.
Wird Gott es wollen?
Chalkol.
Bist du denn, so tief,
Bis dahinab, gesunken, Salomo,
Wo keine Hoffnung ist?
Salomo.
Verschwieg ichs denn
Daß keiner sich im Staube bückt und weint,
Der elend sey, wie ich?
Chalkol.
Mein theurer Freund!..
Salomo.
Du, Chalkol, weinest über mich! Ich muß
Wohl elend seyn, wie keiner elend ist!...
Verstummt ihr? Sagt denn: Wärs die beste Rettung nicht,
Ich ginge noch den Weg hinab, von dem
Kein Wiederkehren ist?
Chalkol.
Ach, Salomo,
Das wär die Rettung Sauls!.. *) Mein Rath ist der:
Du fragst den HErrn durch Nathan: Ob des Reichs
Zerreissung mit vergossnem Krieges-Flute
Beginnen soll? Begönne sie mit Blute;
So stürbest du in Waffen! Denn, nicht du,
Rehabeam, dein Sohn, verliert die Stämme!
Du hättest deinen Wunsch, den Tod, und bald vielleicht.
Und hätt in Frieden bis an deinen Tod,
Zu lassen dich der HErr der Herrscher beschlossen;
So sähst, du, Salomo, wie er sich dein
Erinnerte.
Salomo.
Hinauf zu seinem Thron
Bis dahinauf sollt' ich mit einer Frage
Als den, der ewig ist, mich wagen? Ich?
Chalkol.
Ist aus dem Labyrinth, indem du irrst,
Denn andre Rettung?
Salomo.
Ich, den Opfer-Blut
Befleckt?

*) Nach einigem Stillschweigen.

Zehnter Auftritt.

Die Vorigen. Semira. Die Sängerinnen 1) und
unter ihnen die Mutter, deren erster
Sohn geopfert ist.

Semira.

Es ist geschehn; und Molochs Zorn
Läßt nach! hier bring ich dir den Opferkranz
Des jüngsten Knaben. Seine Mutter bringt
Des Andern. Sie erflehte mich. Beglückt
Hält sie sich jetzt, daß wir zum Opfer ihren Sohn
Erkohren?

Salomo.

Ist sie hier? Sie ists doch nicht?
Schnell laß sie hinab nach ihrer Hütte gehn.

Die Mutter.

Zuvor nimm diesen Kranz von meinem Sohn.
In deinen Fußtritt sink ich, wo du standst 2)
Und küsse deinen Staub, und sieh, ich lege
Danksagend dir des Knaben Blumen drein! . .
Dein 3) lach ich; und des Todes! seht ihr nicht, 4)
Wie rings umher des frommen David Sohn
Von Opferblute trieft?

Salomo. 5)

Geh, bring sie hinab!

Chalkol. 6)

Gott sandte sie.

Salomo. 7)

So will ichs ganz denn hören,
Was ihr der HErr gebot.

Die Mutter.

Ihr alle seyd
Erstarrt, wie Felsen? Will er euch auch opfern?

Ihm

---

1) Diese bleiben beym Eingange stehn.
2) Er ist ein wenig von ihr zurückgetreten.
3) Nachdem sie schnell aufgestanden ist. Sie behält den Kranz
die ganze Zeit über in der Hand.
4) Sie geht halb um ihn herum.
5) Zu Chalkol.
6) Leise.
7) Für sich.

Ihm fluchen? .. Er hat schon sich selber geflucht!
Und wer steigt tief genug zur Höll hinab,
Dort einen Fluch für ihn heraufzubringen,
Der stark genug für diesen Opfrer ist!
Für diesen blutigen Verderber! .. fleuch du nur 1)
Entrinn in Molochs Arm! Dort ruht man sanft.

Eilfter Auftritt.

Salomo. Chalkol. Darda. Die Mutter.

Die Mutter.

Flieht, 2) opfert, Molochs Priester, opfert sie!
Glückseligkeit von nicht gemeiner Art
Hast du zerstört, vernichtet, du Verderber!
Wie keiner liebt, so liebt des Knabens Vater mich!
So lieb ich ihn! voll Einfalt, Freud und Unschuld
War unsre Hütte; nun ist Elend drinn!
Und klein sind nicht am Geiste, die das Elend
In Staub herunter stürzte. Siebenfältig
Stürz es auf dich herab! .. ha! siehst du nicht,
Wie rings um dich die Todenasche liegt?
Und Seelen wallen drinn! so vieler Knaben;
So vieler Mütter, die vor Schmerz vergingen! ..
Eilt, 3) opfert! eilt!

Zwölfter Auftritt.

Salomo. Die Mutter.

Die Mutter

Du bist allein! O stünde
Hier zwischen uns der Todesengel itzt,
Der siebzig tausend schlug von Dan herauf!
Stünd er, Entscheider zwischen mir und dir;
So würde Juda sehn: Ob du des Todes
Zu lachen auch vermöchtest, wie dieß Weib?

D 2

Salo-

---

1) Zu Semira, die wegeilt.
2) Zu Chalkol und Darda.
3) Zu Chalkol und Darda, die erschrocken weggehn.

Salomo. 1)

Gerettet, geh hinab zu deiner Hütte.

Die Mutter

Von jedem Fluch verflucht! und unerrettet!
Geh du zur Höll hinab! .. Ins Todesthal 2)
Und vor den Richter, der nicht Moloch heißt!
Bescheiden dich, mein Sohn! und ich! und der von Blut
Bald trunkne Pfeil des Manns aus Ephrata,
Der an dem Strom der Rache Bogen spannt.

Dreyzehnter Auftritt.

Die Mutter.

Ich opfert' auch! .. Allein mein Altar war
Der war Todtengebein; und Fluch mein Opfer!
Nimm du es an, der Götter Gott, und wirf
Das Thier und seinen Knecht ins Verderben hinab.

1) Mit sanfter Stimme.
2) Sie ruft dieß Salomo nach, der weggeht, aber bis sie ausgesprochen hat, in der offengelassnen Sommerlaube gesehn wird.

✖✖✖✖✖✖✖✖✖ ✖✖✖✖☉✖✖✖✖✖✖✖✖✖✖

Vierte Handlung.

Personen:

Salomo.	Nathan.
Korah.	Sarja.
Zepho.	Die beyden Priester Molochs.
Chalkol.	Moloch.
Darda.	Chamos.

Der Schauplatz ist dunkel, in der Mitte desselben ein Altar, und
auf diesem etwas Feuer.

Erster Auftritt.

Salomo. Korah. Zepho. [1]

Salomo.

Ich wiederhole dir, was du versprachst.
Du bringst aus seiner Gruft mir einen Todten,
Den ich dir nenn', herauf, der weissagt mir:
Obs Frieden, oder Krieg wird seyn, wenn ich
Zu meinen Vätern geh?

Korah.

　　　　　　　Ja, ich versprachs,
Und halts, beym Moloch!

Salomo.

　　　　　　　Machest du noch viel
Zubereitung? So bald du alles, Korah,
Vollbracht hast, nenn' ich dir des Todten Namen.

Korah.

Viel Reinigung, viel Weihung, viel Gebet
Muß erst geschehn, eh Moloch seinem Priester
Den Todten zeigt. Hast [2] du die Einsiedler
Gerufen?

　　　　　　D 3　　　　　　　　Zepho.

[1] Er steht ganz in der Entfernung.　　[2] Zu Zepho.

Zepho.

Beyde sind gerufen.

Korah.

Bring

Die Opferurnen itzt, worinn die Asche
Der Knaben ist.

Zweyter Auftritt.

Salomo. Korah.

Salomo.

Wozu der Knaben Asche?
Hört sie ohne sie dich Moloch nicht?

Korah.

Wenn er
Der Knaben Staub nicht sieht, und an den Urnen
Ihr Blut; so höret er mein Rufen nicht.

Dritter Auftritt.

Die vorigen. Chalkol. Darda.

Chalkol.

Den Molochs muß ich sehn? .. warum hast du
Die Sonne dir, o Salomo, verfinstert?
Bey Nathan waren wir, dem Manne Gottes,
Sein Sohn führt ihn herauf.

Salomo.

Wer hat euch das
Geboten?

Chalkol.

Unser Herz, das voll Freundschaft
Dein Schicksal sieht. Du kannst von ihm nun hören:
Ob er dir räth, den Gott der Götter zu fragen?

Korah.

Wenn, Salomo, der Gott, der auf Moria. . . .

Salomo.

Nenn dessen Namen nicht, der aller Götter
Erschaffer ist, und HErr! Wenn, wider Ihn,
Den Ewigen, und Allerhöchsten, du
Ein einzig Wort nur sagst; so ists um dich

Geschehn,

Geschehn, und du muſt ſterben! Moloch opfr' ich
Dich ſelber alsdann! und aller Knaben Brüder
Die Mütter auch der Knaben, die er hat,
Begleiten dich hinauf zum Glühenden.

Korab. 3)

Ich weiſſag ihm! Der Höllen Rache, komm,
Und räche mich an ihm.

Salomo.

Was redeſt du

In deinem Herzen, als in einer Tiefe?

Korab.

Ich weihte mich, den Geiſt herauf zu rufen.

Salomo.

Bringt Sarja ſeinen Vater itzt?

Chalkol.

Sie nahn

Dem Cederngange ſchon.

Salomo.

Laß ihn zurück gehn.

Chalkol.

So ſoll der Greis, den ich mit Müh erflehte,
Der durch die lange Dunkelheit herauf,
Geſtiegen iſt, mit ſtummer Traurigkeit,
Und Thränen in dem lange Thränenloſen,
Erſtarrten Aug, hinunter wieder gehn?

Salomo.

Was ſoll er hier? Denn Moloch frag ich itzt!
Der Prieſter rufet mir, durch ihn der Todten Einen
Zu mir herauf.

Chalkol.

Ein Geiſt, den Molochs Prieſter
Herauf ruft, ſoll dich jenen Rathſchluß lehren,
Den Gott nur kennt? der Knaben Blut durchdrang
Dein Herz, und du begannſt zurück zu Gott
Zu kehren. Dieſes thaſt du, tiefer noch,
Als je, herabzufallen? Nach der Zukunft,
Bey deines Götzen Bild, ein Frager zu werden?
Ein 4) Geiſt der Hölle muß der ſeyn, der dieſes Bild
Erfand, und ſich in ihm anbeten läßt;
Wie könnte Salomo ſonſt ſo viel Nacht verfinſtern?

D 4   Salo:

---

3) Indem er zurücktritt, für ſich.
4) Leiſe zu Darda.

Salomo.

Ihr unternehmt vergebens, mich den Wahn
Zu lehren, daß den Hocherhabnen, Ihn,
Ich fragen dürfe?

Chalkol.

            Wenn du bis zu Gott
Dich nicht erheben darfst; so frage nur
Die Götzen nicht. Statt Molochs, statt der Todten,
Die er vermag zu seyden, frage mich.
Die Zukunft kenn ich nicht; allein ich kenne
Des Richters Weg, den er im Dunkeln geht,
Mit denen, die zu weit von ihm sich sondern.

Korah.

O König, frage diesen Mann. Er weiß
Mehr als die Götter!

Chalkol.

            Ja, er weiß, daß dein
Mit aller ihrer Qual die Hölle wartet!
Und daß das Dursten ihrer heissen Ungeduld
Nach Verbrechern, als der, der vor mir dasteht,
Umsonst nicht lange schmachtet.

Korah.

                  Schmachtete
Nur Moloch, und seiner Altäre Gut nach dir!

Vierter Auftritt.

Die vorigen. Nathan. Sarja.

Sarja.

Wir 5) treten jetzt herein zu ihm. Ist der 6)
Nicht Molochs in der Dämmrung dort?

Nathan.

                Was fragst du
So bang?

Sarja.

         Es ist bey ihm ein Priester Molochs.

Nathan.

Sind seine Freunde denn bey ihm nicht mehr?

Chalkol.

Wir auch.

                           Nathan.

5) Zu Nathan, indem er ihn langsam hereinführt.
6) Zu Chalkol.

Nathan

Mein König, und mein Herr! sie haben
Mich Sterbenden zu dir heraufgebracht,
Daß du durch mich den Gott der Götter fragest!
Ich weiß nicht ob du willst?

Salomo.

Ich sandt', o Nathan,
Sie nicht.

Nathan.

So laß mich hier ein wenig ruh'n,
Dann wieder gehn.

Salomo

Leit ihn, damit er ruhe, Sarja.

Nathan.

O wäre mein Weg so kurz zum Grabe! 7)

Chalkol.

Nathan,
Mein Vater! Salomo fragt Moloch heut,
Den stummen Götzen, mehr von dem zu wissen,
Was Gott verkündigt hat

Korah.

Bleibt ihr nur hier,
Und höret, was die Geister Molochs sagen,
Und sehet dann, ob, was sie sagen, geschieht.

Chalkol.

Geschieht? Ja, wenn sie dir verkündigten
Daß du . . ., Doch meine Seele fühlt sich zu hoch
Mit dir noch mehr zu reden, Priester.

Korah.

Meine
Zu hoch nicht, dein zu spotten!

Fünfter Auftritt.

Die vorigen. Zevho. Zween andre Priester.
Moloch. Chamos.

Nathan.

Wessen ist
Dieß Rauschen, Sohn? Wer sind die Kommenden?

D 5 Sarja.

7) Indem er sich hingesetzt hat.

Sarja.

Mit Urnen Priester Molochs, und verhüllt,
Mit Fackeln in der Hand, zween andre Männer.

Moloch. 8)

O Chamos, die sind wir, sind Sterbliche nur!

Chalkol.

Was setzt ihr beyden da an Molochs Altar
Für Urnen hin?

Chamos.

Antworte, Moloch, du!

Ist nicht die Asche dein?

Korah.

Der Opferknaben Staub
Ist drinn, und dran ihr Blut!

Nathan.

Dank seys dem HErrn,
Daß mir durch ihn das Licht des Tags verlosch!

Chalkol.

Wer seyd ihr beyden Todtenfrager dort,
Ihr, die verhüllt, die trüben Flammen tragen?
Und die einander so viel Geheimes sagten?
Von Moloch, glaub ich, und der Todten Ankunft.

Moloch.

Und wer bist du?

Chalkol.

Der Knechte Gottes Einer!

Moloch.

Des Moloch?

Chalkol.

So, Elender, fragst du mich?
Deß Gottes Knecht bin ich, der Erd und Himmel,
Und auch das Erz erschuf, woraus ihr Molochs gießt!
Der Dulder ist, und dann Verderber schnell,
Wenn nun der Rache reif die Thaten sind.

Moloch.

Den kenn' ich nicht!

Chalkol.

Du kennst ihn nicht, und bebst,
Da ich vor dir den Hocherhabnen nenne?

Korah.

---

8) Leise, indem zugleich ein Geräusch durch das Niedersetzen
der Urnen entsteht.

9) Auch leise.

Korah. 10)
Streut Opferkörner in des Altars Glut,
Damit der Duft des lieblichen Geruchs
Den Gott, aus seiner Trunkenheit des Bluts,
Er, aus der Nacht, der Todten Geister wecke.
Auf, 11) Moloch, auf! dein Altar glühet dir,
Und wallend steigen wolkichte Gerüche.

Chalkol. 12)
Umwölkte, Kohrah, dich der Hölle Nacht!

Nathan.

Ich habe
Genung 'geruht. 13)

Korah.
Was säumst du, Salomo?
Auf! nenne nun des Todten Namen mir.

Chalkol.
Bleib, Nathan, und errett ihn!

Sarja.
Vater, bleib!

Salomo.
Des Todten Namen?

Chalkol.
Nenne, nenn ihn nicht!
Und tritt den Einen Schritt nicht vor, den du
Noch bis zum Abgrund hast.

Salomo.
Du hast, zuerst
Durch deinen Rath, denn o! wie dürft' ich Gott!
Die Todten zu fragen, mich verleitet.

Chalkol.
Gott
Rieth ich zu fragen. Nicht von mir verleitet,
Ganz ohne mich, fragst du die Hölle!

Salomo.
Wie dürft' ich,
Wär ich auch unbefleckt von Opferblut,

Den

10) Zu den Priestern.
11) Indem die Priester Weihrauch aufstreun.
12) Zu Nathan gekehrt.
13) Er steht auf.

Den Hocherhabnen, Grossen, Ersten fragen?
Was kümmere ihn der Pfeil Jerobeams
Nach Blute dürstend? und der Staub vor 14) euch?
Auch frag ich nicht die Hölle, Götter sinds!
Drum laß mich fragen, denen Menschenschicksal
Zu klein nicht ist. Beynah ists Moloch selber zu klein.
Er sendet Geister, die antworten müssen.

Korah. 15)
Hast du's gehört? Selbst Moloch! ⸗ ⸗ Ha! was sind
Wir ihm, da unser Gott ihm das nur ist?
Glüh, Rache, glüh! verzehr ihn, Rache der Hölle.

Moloch.
‹ Ja, diese!

Salomo.
Wartet denn! Bald nenn ich euch
Den Geist ... Die Wahl 16) ist zwischen David mir
Und Heman schwer. ...

Nathan.
Nur David nicht, nicht ihn,
Bey seinem Gott! Er möchte dir, von Moloch
Und seinen Priestern ungerufen, zu starke
Zu fürchterliche Donner jener Welt
Herüber schleudern! .. auf, ich habe genug geruht,
Bring mich zum Tempel, Sohn!

Sarsa.
Mein Vater, bleib!

Chalkol.
Auch Heman nicht; soll deinen todten Freund
Der Molochit durch seinen Stolz entweihn,
Indem er dieses Frommen ferne Ruh
Zu stören sich vermißt? Den 17) andern Korah
Und Dathan ruf, und ruf Abiram herauf,
Zu prophezeyhn, nicht Davids Sohne, dir
Zu prophezeyhn, wenn du dereinst ihr Genoß
Bey ihnen wandeln wirst.

Korah.
Streut Rauchwerk auf,
Ihr Priester! Darf, o König, dieser Mann

Die

---

14) Er weist auf sich.   15) Zu Moloch leise.
16) Zu Chalkol.   17) Zu Korah.

Die Opfer Molochs also entheiligen?
Streut keinen Weihrauch mehr, ihr Priester, auf!
Und wendet, Einsiedler, die Todtenfackeln
Vom Altar weg.

Moloch 18).

Wenn du die Männer hier
Vom Altar nicht entfernst; so schickt dem Korah
Die Gottheit Molochs keinen Todten herauf.

Korah.

Schweig, Einsiedler, und trag du deine Flamme.
Laß mich allein von Molochs Rathschluß reden.

Moloch. 19)

Ha! das Todtengerippt! ...

Nathan.

Bring mich zum Tempel,
Mein Sarja.

Salomo.

Nathan, und warum zum Tempel?

Nathan.

Für Davids Sohn zu beten.

Salomo.

Auch zu fragen?

Chalkol. 20)

Er müßte fürchten, daß der Fragen zwo
Zugleich erschallten, ein' im Himmel, in der Hölle
Die andre.

Salomo.

Darda, und du gehest auch?

Darda.

Was kann ich sonst thun, als verstummen, und fliehn?

Sechster Auftritt.

Salomo. Chalkol. Die vier Priester. Moloch. Chamos.

Salomo. 21)

Du fürchtest doch des Todten Ankunft nicht?

Chal=

---

18) Zu Salomo.   19) Für sich.
20) Zu Salomo.   21) Zu Chalkol.

Chalkol.

Nicht den die Korahs rufen, aber der,
Den Frager und den Rufer zu bestrafen,
Erscheinen kann, ist mir, um deinentwillen,
Sehr fruchtbar!

Salomo.

Bleib im Ceberngange. Weiht 22)
Euch völlig. Mir ist nur des Todten Wahl!
Noch schwer; allein ich komme bald zurück.

Siebenter Auftritt.

Die vier Priester. Moloch. Chamos.

Korah. 23)

Sprecht ihr im Ceberngange mit diesem Chalkol,
Und hinderts, daß er nicht zum König geh;
So will ich, von des Gartens Seite, mich
Der Sommerlaube nahn. Ich bringe vielleicht
Ihn bald zurück. Denn lange müssen wir
Ihn sich nicht überlassen. Einsiedler!
Geht nicht von hier, und nährt die Flamme des Altars.

Achter Auftritt.

Moloch. Chamos.

Moloch. 24)

Doch auch der Hölle, Todter? .. Ha, wie dampfte
Der Knabenblut an meinem Bild empor!
Und hörtest du ihr Röcheln? Sahest du
Verstummen, Chamos, Todten gleich, die Mütter?

Chamos.

Ich hasse dich! Mir opfern sie kein Blut
Der Menschen.

Moloch.

Hasse mich! doch hör es nur,
Und sieh's, mich auch, wenn ich, gleich einer Nacht,
Um mein glühendes Bild, den Knabenmörder,
Hoch im Triumph schwebe. Doch was ist
Ihr Blut? Die Seelen waren ja nicht mein!

Cha.

22) Zu den Priestern.   23) Zu den Priestern.
24) Er murmelt dieß dem Korah nach, da dieser weggeht.

Chamos.

Ich haß, ich hasse dich!

Moloch.

Vergeh vor Wuth;
Denn Salomo ist mein.

Chamos.

Auch mein, du Stolzer!
Der Höll'! Er ist ein allgemeines Gut.

Moloch.

Es sey! Doch laß uns auch zusammen uns
Des grossen Raubes freun. Mich deucht, ich reiß ihn schon
Gekettet an den ehrnen Wagen des Siegs
Zur diamantnen Pfort' hinunter, rauschend
Wie Donnerhall', und schnell wie sie, hinunter
Den Riesen!

Chamos.

Schneller noch, ein lauter Herold,
Schweb ich vorher, und kündig' es an.

Moloch.

Dann horcht
Dem Donnerhalle von oben her der Sohn
Isai nach, bis er sich dumpf verliert;
Dann sieht mir Satan auf! Verstehst du auch,
Du Blumengott, und nicht des Bluts! verzehrt
Auch dieses Stolzes Flammenstrom dich ganz,
Daß der, so fiel, gestürzt vom Himmel herab,
Ein Riese fiel?

Chamos.

Aufschwellender Verderber!
Dein lach ich! Führt' ich ihn durch Blumen nicht
Zum Blut?

Moloch.

Wofern du meine höhre Grösse
Dich blendest einzusehn; so sey nicht blind
Zu sehn, was ich dir jetzt entfalten will.
Groß sind wir, groß! Uns beten Erd und Meer,
Nur völlig noch dieß kleine Land nicht an;
Allein sein König! Und wer war, der uns
Jetzt anbetet, vordem? War einer Weiser,
Begnadigter einer von Gott, als er? Der Sand am Meere,
Nichts sind uns gegen ihn die Völker alle;
Allein was ist uns mehr noch, als selbst er?

Cha

Chamos.

Als er?

Moloch.

So lern es denn. Viel gute Seelen,
Die weise, doch zugleich verführbar sind;
Und die er uns verführt! Er macht sie, zwischen Gott,
Und einem Heere dunkler Zweifel, schwanken.

Chamos.

Sind sie drum unser?

Moloch.

Nein, das sind sie nicht;
Allein sie stehen doch am Hange des Abgrunds!
Schläfst du auf deinen Blumen stets, und merkst
Nicht auf? Viel ihrer leugnen schon sehr viel.
Sie hielten uns für Götter nie; allein
Für das doch, was wir sind. Nun haben sie
Uns aus der Wesen Reih herausgewähnt.
Undinge sind wir ihnen!

Chamos.

Ha! die Pest
Die ihre Todesdünst' in Finsternissen
Versammelt hat, ein Unding?

Moloch.

Oft erschallt
Mein Hohngelächter, daß ich zwar nicht bin,
Allein doch bis zur Höll hinab verderbe.

Chamos.

Die kühnen Thoren! nur kurzsichtiger,
Als kühn! Wähnt unser Salomo, wie sie?
Doch ... wird er wirklich immer unser seyn? ...
Mich schrecket, was ich hört', und sah.

Moloch.

Was schreckt dich,
Du Weichling?

Chamos.

Siehst du nicht, wie tief
Er Gott verehrt? und nur es nicht wagt, sich ihm zu nahn?
Vor diesem noch der hassenswürdigste,
Der Greis' in Israel, der graue Nathan,
Der jetzt so gar für ihn im Tempel betet.

Moloch.

Wie? betet Nathan?

Cha

Chamos.

Hörteſt du ihn nicht?

Moloch.

Ich war vertieft in das, wovon wir ſprachen.
Auf, Chamos, ſchütte mir jetzt Rauchwerk auf,
Und opfre mir; ſo will ich dich der Qual
Der Zweifel, die du haſt, entreiſſen.

Chamos.

Der Prieſter
Gebeut des Altars Glut zu nähren; Moloch,
Daß ich ihm opfern ſoll; wohlan, ich gehorche. 25)
Nun groſſer Moloch, Jupiter des Aufgangs,
Zwo ſind der Fragen nur! antworte ſie!
Sag: Soll dein Korah einen Schatten ſehn?
Und was ſoll Salomo der Schatten prophezeihn?

Moloch.

Nichts hören, und nichts ſehn, erfinden ſoll
Mein Prieſter!

Chamos.

Alſo überläſſeſt du:
Ob Salomo uns künftig angehöre?
Dem Prieſter zu entſcheiden? Leugne nun
Nur nicht, du habſt das fürchterliche Schweben
Des Todesengels in dem Thal am Oelberg
Wie ich gehört? Du ſendeſt gewiß
Erſcheinungen herauf; allein dich ſchreckt
Die Nähe deß, der einſt bey Arnans Tenne
Die finſtre Todeswolke ſtill ſtehn hieß;
Und dann, was wiſſen, ich, und du, von dem,
Was künftig iſt? Der Zukunft Dunkelheit
War ſtets uns Qual; da dieß noch! 26) und verzeih,
Daß er dich alſo fragt, dem Opferer!

Moloch.

Ich ſpotte deines Spotts, und überlaß es Korah:
Ob Salomo mir künftig angehöre.
Den Todesengel fürchtet' ich, die Peſt,
Ich ein Unſterblicher?

Cha

---

25) Er ſtreut Weihrauch auf.
26) Er ſtreut wieder Weihrauch auf.

E

Chamos.

Die nicht! allein
Des Verderbers schnelle Gewalt, und Donnerworte
Von Gott, die ihm vielleicht geboten sind
Dir auszusprechen, daß du fliehen sollst,
Von deinem Bild hinab zur Hölle fliehn.

Neunter Auftritt.

Die vorigen. Zepho. Die beyden andern Priester.

Chamos.

Verließt ihr Chalkol schon?

Zepho.

Er stand und sah
Dem Greise nach, als der zum Tempel ging.
Darauf ward er zu Salomo gerufen.

Chamos.

Nicht Korah mit?

Zepho.

Er stand von fern, und ward
Nicht mit hinein gerufen. Voll von Zorn
Folgt er uns nach.

Chamos.

Die Todten erscheinen doch noch?

Zepho.

Wir wissens nicht.

Zehnter Auftritt.

Die vorigen.   Korah.

Korah.

Schlecht nährtet ihr die Glut
Des Altars, Einsiedler! Wem dienet ihr?
Bin ich denn nicht des grossen Molochs Priester?
Kehrt 27) die Urnen herum, damit der König,
Kömmt er zurück, mehr Blut der Knaben seh.

Streu;

27) Zu den Priestern.

Streu, Zepho, Weihrauch auf. Werft ihr 28) euch nieder,
Daß Molochs Blick nicht zürne. Säumst du 29) noch?
Fall nieder. 30)

Eilfter Auftritt.

Die vorigen. Salomo. Chalkol.

Chalkol.

Weil gar nichts dein Herz bewegt,
Und Finsterniß dir jede Wahrheit ist;
So unternimm es denn, und frage die Hölle;
Der Moloch, dacht' ich sonst, ist eines Undings Bild!
Doch da er über dich unwiderstehlich
Gewalt hat; glaub ich, daß des Abgrunds Einer
Das mordende Bild voll Thränen und voll Tod
Beseelt!.. Schau hin! Ihr Blut! 31)

Salomo.

Du wolltest ja
Von dieses Untergottes Prophezeihung
Nur Zeuge seyn, und mich, mit diesem Ungestüm
Der Freundschaft, schonen.

Moloch.

Dieses Untergottes?

Salomo.

Heiß diese Männer schweigen, Korah!.. hört
Nun Moloch bald? Und ist des Opferns gnung geschehn?

Korah.

Du fehlst als Opferer. Fall nieder, o König!

Salomo.

Ich niederfallen vor erschaffnen Göttern?
Entrinn du meinem Zorn.

Korah.

Fällst du nicht nieder;
So wird des Gott's Antwort dir fürchterlich seyn.

Salomo.

Ich will sie stehend hören.

E 2   Chal=

28) Zu Moloch und Chamos.
29) Zu Moloch.
30) Er fällt nieder.
31) Er weist auf die Urnen.

Chalkol.

Werden wir
Den Geist auch sehn? Und hören? oder du
Allein?

Korah.

Wie Moloch das beschlossen hat!
Tritt weit dort hin. Denn hier erscheint der Todte.
Tritt fern von mir in jene Dunkelheit.

Chalkol.

Die Todten, welche du uns rufen kannst,
Die fürcht ich nicht. Ich will, ganz nah sie sehn. 32)

Korah.

Fallt, Einsiedler, und Priester auf das Antlitz,
Nun, König, nenne mir des Todten Namen.

Chalkol.

Ach, Davids nicht! nicht Hemans! Salomo.

Korah.

Des Todten Namen, König,

Salomo.

Heman!..

Korah.

Schau.

Wo du auf Wolken thronst, von Libanon,
O grosser Moloch, oder von dem Haupt
Des Carmels her; doch schwebst du jetzt vielleicht
Auf dem dir liebern Oelberg, schau von da,
Des Schreckens Gott, herab! Schau her: Es dampft
Dein Altar dir! Und an des Altars Fuß
Liegt besser Opfer Staub, von ihrem Blut
Umspritzt, vor dir! sieh, deine Priester flehn,
Und die in Hölen dir, du Schrecklicher,
Ihr heilig Leben widmen. Schau herab
Ein Hasser, der dich schmäht, steht auch vor dir;
Mach dich denn auf! erhebe deinen Fuß.

Chamos. 33)

Hörst du den Todesengel rauschen?

Korah.

31) Er tritt weit vor.

33) Leise zu Moloch, indem er sich aufrichtet. Moloch richtet sich auch auf.

Korah.

Erheb ihn,
Stampf in den Staub, daß aus der Tiefe komm
Ein Geist, der deinem König prophezeih:
Obs Frieden seyn wird oder Krieg, wenn er
Zu seinen Vätern geht? Du Mächtiger,
Stampf hin! Der Todte komm! Sein Nam ist Heman! 34)
Helft, ach ich sinke!

Chamos. 35)

Siehst du ihn?

Moloch.

Er ists,
Bey Arnans, der! 36)

Zwölfter Auftritt.

Salomo. Chalkol. Korah. Zepho.

Die beyden andern Priester.

Salomo.

Sie flohn ja! Was geschah
Dir, Korah? Lauf 37) du jenen nach.

Dreyzehnter Auftritt.

Salomo. Chalkol. Korah.

Die beyden andern Priester.

Salomo.

Was wars?
Was sahst? Was hörtest du?

Chalkol.

Merkst du denn nicht,
Daß er ganz sinnlos ist?

E 3 Salo=

34) Er taumelt an den Altar hin, und will sich halten.
35) Zu Moloch leise.
36) Sie fliehn.
37) Zu Zepho.

Salomo.
                        Siehst du mich nicht?
Hörst du mich, Korah, nicht? Auf, bringt ihn weg.

Vierzehnter Auftritt.
Salomo.   Chalkol.

Salomo.

Und was sahst du?

Chalkol.

Ich sahe nichts!

Salomo.
                        Vernahmst du
Auch nichts?

Chalkol.

Ich hörte nichts.

Salomo.
                        Dieß alles geschah
Sehr schnell.

Chalkol.

Des Richters Arm ist schnell.

Funfzehnter Auftritt.
Die vorigen. Zepho.

Zepho.

                        Ich sah
Sie nirgends fliehn.

Salomo.

Geh, nimm die Todtenurnen,
Zerschmettre sie, und streu den Staub in den Bach;
Dann bring den Altar weg. 38)

                                    Sechs-

38) Er trägt die Urnen hinaus.

Sechszehnter Auftritt.

Salomo.   Chalkol.

Salomo.

Was war dieß alles,
) Chalkol?

Chalkol.

Was es war? Der Richter ging
Sehr nah bey dir vorbey, und schonte dein;
Das war es, Salomo, und dann noch das:
Antworten konnte dir dein Moloch nicht.

Salomo.

Du Hocherhabner! das, das wär's gewesen! . .
aß, Chalkol, mich allein.

Chalkol.

Ich heute dich
Zerlaffen? Diesen Tag der neuen Sünden?
nd auch deß neuen Schonens?

Salomo.

Komm, und triff,
Du Pfeil Jerobeams! Vorhergesagt,
nd nicht vorhergesagt, das ist mir eins!
Komm, nur und triff! . . . Des Gottes Priester sah
Den Schatten Hemans. Das erschreckt ihn so.

Chalkol.

Was er gesehn hat, oder nicht gesehn;
Den Schatten Hemans, oder einen Engel
Der schrecklichen Verderber Einen, oder ob
ihn unsichtbar die Hand des HErrn berührt hat!
Das ist mir gleich; genug, das, was geschah,
Die Ursach war, daß Molochs Prophezeihung
Zerstummen muste.

Salomo.

Gottes Hand der Priester
ihn unsichtbar berührte? . . . meiner schonte?
Zerschonung wär auch das, daß Moloch mir
Zerstummen muste? .. Bring mir Sarja her

E 4   Und

Und Darba.   Dieser Eil bedarf es nicht.
Die Einsamkeit entwickelt mir. vielleicht
Doch was geschah, noch mehr.   .

Siebzehnter Auftritt.

Salomo.   Zepho.

Zepho.

Du hasts geboten.

Der Bach hat ihren Staub.

Salomo.

Auf, eil, und zerbrich

Den Altar nun.

Achtzehnter Auftritt.

Zepho.

Was war denn dieses alles?
Was schreckte Korah so?   Warum entflohn
Die Einsiedler? . . Und deiner Opfer Asche
Muß ich, o Moloch, in den Bach verschütten?
So gar auch dieses Altars Anblick haßt
Der König?   Ist in Israel dein Reich
Denn aus, sonst Mächtiger? Und schützest du dich nicht?
Ach, Altar Molochs!   Doch der Bach muß erst
Die Glut auf dir verlöschen, eh du wankst.
Liegt wo noch Asch am Bach; so schöpf ich da
Und opfre so auf dir noch Einmal, Altar!

Fünfte

Fünfte Handlung.

Personen:

Chalkol.　Nathan.
Darda.　Die beyden Männer aus dem Volke.
Salomo.　Korah.
Sarja.　Semira.

Erster Auftritt.
Chalkol.　　Darda.

Darda.

Vor Trauren, über Hemans Tod,
　Und über Salomos stets tiefern Fall,
Ist trüb und müde mir die ganze Seele!
Was ruft er mich? Und du, was fragst du mich?
Ich such umsonst, und finde keinen Rath.
Er ist ein Fels! und was kann ihn erschüttern
Des Hemans Abschied und sein Tod nicht kann?
Aus Mitleid liebt' ich ihn. Nun lieb' ich ihn auch nicht mehr.

Chalkol.

Ach, ich begreif es, theurer Freund, daß du
Ermattet bist, und nicht mehr rathen kannst.
In dieser dunkeln Nacht, die uns umringt,
Seh ich nur Einen Strahl. Wenn der auch schwindet
So sink ich hin, wie du, und weiß nichts mehr.

Darda.

Erinnre dich, wie ich sonst stets dich hörte;
Doch jetzo hör ich dich mit trüber Kälte.
Denn keine keine Hofnung hab ich mehr

Von

Von ihm. Nun seh ich erst, was für ein Herz
Der haben muste, der so weise war,
Und doch durch solche schwache Gründe sich
Zu einem solchen Abfall von dem HErrn
Verführen ließ! Verführen nicht! Er lag
Schon, tief in seiner Wollust Blumenthal,
Und schläferte, nur sich mehr, durch diese Gründe,
Zum Tod ein! ... Wenn kein Donner vom Himmel herab
Auf diesen Felsen fällt, und ihn zermalmt;
So streben, mühn, arbeiten wir umsonst.

Chalkol.

Der Donner fällt herab, so bald ihm Gott
Antwortet.

Darda.

Irr, und glaub, er werde fragen.

Chalkol.

Die Eine schwache Hofnung hab ich noch
Dazu ihn zu bewegen.

Darda.

Es sey, er frage:
Und ihm verkündigt dann der Richter Blut;
Dann, Chalkol?

Chalkol.

So . .

Darda.

Ach, so verzweifelt er!

Chalkol.

Wer hätt es denn verkündigt, Darda? Gott!

Darda.

Beweg ihn, fleh ihm, daß er frage, beschwör ihn
Bey allem, was ihm jemals heilig war;
Ich steh dir bey.

Chalkol.

O thät es Nathan auch.
Was sagte Nathan noch zu dir?

Darda.

Darda.

Er sprach:
Mein ganzes Herze zittert vor Begier
Zu ihm zu kommen. Doch ruft er mich nicht;
So hört er mich auch nicht. Er sprach nichts mehr,
Und betete drauf für ihn von neuem.

Chalkol.

Merk,
Wie dunkel's um ihn ist. Sieht er auch Schimmer;
So sieht er sie doch niemals ganz. Ihn hat
Mit Hindernissen Gott eng eingeschlossen.
Und ruft er Nathan nicht!

Darda.

Gieb Acht, er wird
In dieser Hinderniß sich auch verwickeln,
Und grübelnd untersuchen, was dem Priester
Und denen, die entflohn, so schrecklich war?
Und weniger bey dem, was doch vor allen
Entscheidet, sich verweilen, daß kein Geist
Antworten durfte!

Chalkol.

Hör, er naht sich uns.

Darda.

Hörst du? Er kehrt schon wieder um. In allen
Schwankt er von Zweifeln hin und her; Nimm an,
Er entschließt sich auch, den Ewigen zu fragen;
So wird er, fürchtest du das nicht mit mir?
Noch dann zurück die Frage rufen, wenn
Sie schon begann im Himmel zu erschallen.
Du blickst sehr ernst!

Chalkol.

Vor meiner Seele ging
Ein Gedanke, der mich schreckt, itzt eben vorüber.
Wenn nun, geweissagt, oder nicht geweissagt,
Vom Strome Jerobeam mit Blute kömmt,
Und, angeführt von ihm, dann Heere Haufen würgen
Zehn Stämme Zween! des Sohnes Nebot Köcher
Im Schlachtfeld tönt, und seine Pfeile fliegen,
Ein Pfeil auf Salomo, und der dann fällt!
Vom ehrnen Wagen blutig niederstürzt,
Von Gott verworfen! . . .

Zweyter

Zweyter Auftritt.

Die vorigen. Salomo.

Salomo.

Rieffst du Sarja nicht?

Chalkol.

Konnt er den Greis allein im Tempel laſſen,
Der nicht dem Alter nur; der auch dem Schmerz
Um dich erliegt? Du rieffst ja nur den Sohn,
Und nicht dem Vater mit. Erst wollte Sarja gehn,
Dann wieder nicht. Der Vater wollt's. Der Sohn
Ging mit, dann wandt' er ſich; doch blieb er stehn,
Und ſah uns nach. Wir eilten fort.

Salomo.

Noch liegt
Der Priester, Cholkol, wie wir, ihn vor uns
Erstarren ſahn; liegt ohne Stimm und Blick,
Gehörlos auch! und alle meine Boten
Vermögen nicht die beyden, die entflohn,
Zu finden. . . . Korah lieg! und jene fliehn!
Was kümmerts mich. Des Todten Antwort ward
Gehindert. Dieses ist genug für mich.

Chalkol.

Von Gott gehindert, Salomo?

Salomo.

Vielleicht.

Chalkol.

Sahst du die Hand des HErrn denn nicht, wie ſie
Den Korah traf, und jene, die entflohn?

Salomo.

Ja, eine höhere Macht wars, die ſie traf;
Doch, ob des Ewigen? Das weiß ich nicht.

Chalkol.

Die höhern Mächte, die du meynst, und denen
Bisher du opfertest, vergaſſen alſo,
Daß ihnen dich zum frömmern Oferer
Ihr Ausspruch machen würde? Daß ſie dich,

Ver-

Vernehmſt du keinen, gar verlieren könnten?
Sehr groſſe ſind deine Götter, daß ſie dich
So gar, o Salomo, und deiner Opfer Blut
Verachten, ſie, die rings um uns die Völker
Zu ihrer bangen Sclaverey verführen.
Doch weg von ihnen, weg! und Moloch ſey
Noch ungefragt! Aus deinen Nächten iſt
Kein andrer Weg, als: den der ewig iſt, zu fragen.

Darda.

Ja, dieſes, und ſonſt nichts, entſcheidet Salomo,
Dein Schickſal!

Dritter Auftritt.

Die vorigen.   Sarja.

Salomo.

Kam dein Vater nicht mit dir?

Sarja.

Du riefſt ihn nicht.

Salomo.

Geh, eile, theurer Sarja,
Und bring den weiſen Alten, deinen Vater
Herauf zu mir.

Sarja.

Mit dir und ihm ſey Gott!

Vierter Auftritt.

Salomo.   Chalkol.   Darda.

Chalkol.

Wählſt du den Einen Weg, der über dir
Aus deinem Abgrund iſt? und fragſt du Gott?

Salomo.

Erwarte Nathan! . . . Hat Jeruſalem
Des theuren Alten Gang zu mir bemerkt?

Salomo

Chalkol.

Noch mehr, als das.

Salomo.

Und was denn mehr?

Chalkol.

War nicht
Der Tag der Opfrung heut? Ganz Salem war
Hinausgeſtrömt, die Opfrung anzuſehn.
Sie ſahn die Prieſter ſich den Moloch weihn;
Und zögern, und voll Wut darüber! ſahn
Die Königinnen ungewiß und bleich!
Den Boten gehn, zurückfliehn, dann die Eil
Des Opfers! ſahn mich athemlos ihm folgen,
Und dann zurück zu dir voll Wehmuth gehn.
Das ſahen ſie, und dann, indem hiervon
Vielfältigs Murmeln unter ihnen war,
Den ſie ſo lange nicht erblickten, Nathan,
Den ehrenvollen Greis zu dir hinaufgehn,
Geführt von ſeinem Sohn, der fern vom Strome
Gekommen war. Auch lief ein ſchneller Ruf
Schon hier und da umher: Bey Siſack ſey
Jerobeam! Wo Nathan und ſein Sohn
Hintraten, floß das Volk getrennt von einander.
Dem Vater ſegneten ſie und ſeinem Sohn
Voll Ehrfurcht und Bewunderung zu. Viel folgten,
Bis zu des Cedernganges Oeffnung nach,
Und blieben da. Seit dieſem, wie du weißt,
Iſt Nathan von dir weg hinauf zum Tempel
Gegangen. Als ich kam, den Sohn zu rufen
Und Darba, war ganz Salem in dem Tempel
Verſammelt. Alle ſahn den frommen Nathan beten.
Auch war . . .

Salomo.

Hör auf! O Laſt, die auf mir liegt!
Der Richter hier, mein Volk! und dort, der HErr! . . .
So ſcheint mirs jetzt . . . Doch fahr, o Chalkol, fort.

Chalkol.

Als ich hinaufkam, war ein Ruf entſtanden;
Den Korah, Molochs Prieſter, habe Gott
Bey dir getödtet!

Salomo.

Weil er Todte fragte?

Chalkol.

Chalkol.

Das wuſten ſie noch nicht.

Salomo.

Vergebens! .. verbergt es nicht!
Wie ſäumt denn Nathan ſo? Sie aus, ob er
Sich noch nicht naht?

Chalkol.

Ich ſehe vielen Staub
Vom Tempel niederwallen, manchmal Volk
Dahinter, wenn der dicke Staub verfliegt.
Ihn ſeh ich nicht.

Salomo.

Er iſt vom Volk umringt.
Geh ihm im Ceberngang entgegen.

Fünfter Auftritt.

Salomo. Darba.

Salomo.

Darba,
Mein theurer Freund, dir will ichs nicht verheelen,
Daß unausſprechlich meine Seele leidet!
Was ſoll ich thun? darf ich den Richter fragen?
Und wird er nicht im Wetter mir antworten?
Und leb' ich, wenn er ſpricht, was werd ich hören?
Was anders, als vom Blut des armen Volks?
Und meinem Blut? Zwar gerne will ich ſterben;
Allein was wartet meiner über dem Grabe,
Wenn ſo der HErr das Königreich zerreißt?
Wie ſchreckenvoll iſt jetzt für mich, was Gott
Mir ſagte, da er mir zum zweytenmal
Im Traum erſchien. Wie ſchreckenvoll auch dieß,
Daß ich, ſeitdem ich Moloch diente, daran
Gezweifelt hab', ob dieſer Traum von Gott
Gekommen ſey, da er doch jenem völlig glich,
In welchem Gott verhieß, was er gegeben hat.
Des zweyten Drohung ach! vielleicht wird ſie
Sehr bald erfüllt! vielleicht ſehr bald darauf
Wenn nun mein Volk getrennt, und leichter dann
Zu beſiegen iſt, und ach! von Brüder-Wunden blutig,

Ein

Ein schneller Raub der Krieger um uns her!
Und wer verführt' es denn zum Götterdienst?
Ich wars, ich macht's, daß sie aus ihrem Lande weg
Getrieben, ein Spott des hohen Siegers wurden;
Und mir wird in mein Grab ihr Fluch nachhallen,
Daß Gott sein Angesicht von ihrem Tempel
Gewendet hat, und daß er hingestürzt
In Trümmern liegt, das Entsetzen deß, der ihn
Sonst sah, und nun vor ihm vorübergeht! . . .
Der HErr ist jetzo mir zu fürchterlich!
Laß mich nicht fragen. Ist auch Blut beschlossen,
So weiß ichs nicht, und hoff', ich hoffe vielleicht
Wie sonst, ich werd im Frieden sterben.

Darda.

Fleuch zu Gott,
Und frag dann, oder frag auch nicht.

Salomo.

Ach, Darba,
Ich kann nicht! . . .

Darda.

Ist sein Arm denn gegen dich,
Daß du nicht kannst?

Salomo.

Etwas, das mir zu mächtig ist,
Ist gegen mich. Ich weiß nicht, was es ist.
Ich kann zu Gott nicht fliehn; vielleicht werd ich
Ganz der Götzen Gewalt von ihm gelassen,
Vor denen ich der Unschuld Blut vergoß.
Allein sie kommen.

Sechster Auftritt.

Die vorigen. Nathan. Sarja. Chalkol.

Chalkol.

Nathan, wir sind jetzt
Bey Salomo.

Salomo.

Du, meines Vaters Freund,
Und meiner auch vielleicht, Prophet des HErrn,

Da

Da mich mit Nacht mein Elend rings umgiebt,
Weiß ich nun kaum, was ich dir sagen soll.
Du kanntest mich vordem. Ich weiß nicht, ob bu noch
Mich kennst. Sehr lang entzog ich mir, mein Vater, dich
Doch hörtest du gewiß, durch deinen Sohn,
Und unsre Freunde, was ich heute that,
Ach, Nathan, und auch litt!

Nathan.

Gott segne dich!
Das sey mein erstes; Dank, das zweyte, Dank,
Daß du, mein König, mich zu dir entbotest,
Und mich mit dieser Huld empfängst. Doch eh
Ich weiter rede, laß mich ruhn. Mein Alter,
Mein Weg durch diese Finsterniß herauf,
Und diese Thränen, lange weint' ich nicht.

Sarja.

Mein Vater weinte nicht, als ich gekommen war.

Nathan.

Dieß alles hat mich abgemattet.

Salomo.

Führt
Zu meinem Sitz den ehrenvollen Greis.
So weißt du alles denn, was heute geschah?

Nathan.

Ich weiß es.

Salomo.

Chalkol will, ich soll zu Gott
Mich fragend wenden, und du, Nathan, sollst
Der Engel seyn, den ich zum Richter sende.
Willst du das erste?

Nathan.

Willst es du denn nicht?

Salomo.

Wie dürft ich? denk ihm nach: der Unschuld Blut
Befleckt mich sehr, und oft floß dieses Blut!
Und schallt nicht meine Frage Molochs noch
In eurem Ohr? Ach, mehr, als beydes, schrecken
Die Seelen mich, der Knaben nicht, die sind
Bey Gott! Die Seelen derer, die durch mich
Abgötter wurden, und Abgötter starben! . . .

Chalkol.

Du machst mich über dich erstaunen. Nathan.
Erhört, erhört ist dein Gebet!

F   Salo=

Salomo.

Wenn Gott
Der armen Menschen Schicksal kümmert; darf
Ich, so belastet, mich zu ihm denn wenden?
Und kümmert ihn es nicht; was frag ich denn?

Chalkol.

Ach Nathan, dein Gebet ist nicht erhört! . . .

Salomo.

Mehr, als du glaubst!

Darda.

Sein Zweifel liegt. Nur Einmal
Hub er in ihm sein sterbend Haupt noch empor.

Salomo.

Belastet, wie ich bin, von Schuld! Befleckt
Von Blut; ein Diener Molochs! Angeklagt
Von Seelen, dort, wohin die Frag erschallt,
Mein Vater, und mein Freund, was soll ich thun?

Nathan.

Den Richter fragen.

Salomo.

Ach, wird er nicht Vater seyn?

Nathan.

Sey du nur Sohn, so wird er Vater seyn.

Salomo.

Ach, kann ichs von mir selbst? Er muß beginnen.
Laß, laß, o Nathan, mich vorm Richter schweigen.
Verstummen laß mich, fragen nicht!

Chalkol.

Wenn dirs
Der HErr nicht sagt, daß du in Frieden stirbst;
So ist sehr ungewiß die Dauer deiner Rückkehr,
Die ohne das sehr schnell entstand!

Salomo.

Weißt du
Es denn, wie schnell? Bey mir reift Wahrheit langsam;
Doch reif bricht ihre Wirkung schnell hervor.

Darda.

Ach, Salomo, aus welchen Leiden reissest du mich!

Chalkol.

Was überzeugt dich denn?

Salomo.

Der Weg des HErrn
Mit meinem Vater, und sein Weg mit mir!

Ich

Ich kann das ganze menschliche Geschlecht!
Vergessen! So viel hat Gott an mir und ihm gethan.

Chalkol.

Und dachtest du in deiner Irre denn
An diese Wege Gottes nicht?

Salomo.

Nicht so,
Wie nun! .. Das eben war die Nacht, die mich
Umgab! Dieß das Gericht, das auf mir lag,
Und das die Strafe meiner Sinnlichkeit war,
Daß Strahlen mir zur Dämmrung wurden.

Chalkol.

Sag,
Wie ward die Dämmrung denn zu Strahlen wieder?

Salomo.

Ganz weis ich dieses nicht. So wenig ich
Ganz weis, wie ich auf meinen Irrweg kam.

Chalkol.

Das letzte weis ich ganz: Du wardst zu sinnlich!
Du flohst daher die Untersuchung, und hattest
Schon gehandelt, als du zur Untersuchung
Umkehrtest.

Salomo.

Schreckenvoll ists, was du mir sagst;
Doch ist es wahr. .. Vom ersten weis ich dieß:
Mein Zweifel nahm stets zu: Ob, ohne Gott,
Die Geister herrschen dürften, die ich mir
Zu Göttern machte? Da ward Gottes Weg
Mit David und mit mir stets leuchtender
Und strahlenvoller!

Nathan.

Salomo, vergiß
Den Helfer nicht, des Weg mit uns sich klar
Uns in der Wirkung zeigt; wir sehn nur nicht
Des Wandelns Art.

Salomo.

Erhört war mein Gebet
Um Weisheit einst; und deins um meine Rettung,
Mein Vater, heut!

Nathan.

Nicht heut erst betet' ich
Für dich.

Darda.

Ach hätteſt du dieß auch erlebt,
Mein Heman. Säume nicht zu lange, Tod,
Daß bald ich geh, und unſerm Todten ſage,
Was unſre Seel erquickt.

Nathan

Laßt, meine Kinder,
Laßt dieſe Bothſchaft mir.

Chalkol.

Ach könnt ich mich
Auch freun, wie ihr! . . . Da du die Opferknaben
Erwürgen lieſſeſt, zweifelteſt du da
An deinen Göttern ſchon?

Salomo.

Noch nicht, wie jetzt.
Die Opfer hätten gleichwohl nicht geblutet;
Wenn nicht der Königinnen Schmach mein Herz
Schnell überwältigt hätte.

Chalkol.

Da du Moloch
Nun fragteſt?

Salomo.

Ach, da waren meine Zweifel
Von neuem ſchwach.

Chalkol.

Wenn ſie's nun wieder würden?

Salomo.

Die Unruh eines Freundes, der ſo ſehr
Sie nicht zu haben wünſcht, erſchreckte mich:
Wär ich nicht ganz zu Gott zurückgekehrt.

Chalkol.

Auf, überzeuge mich und dich, du ſeyſt
Es ganz, und frage Gott!

Salomo.

Kann denn nur das
Dich überzeugen?

Chalkol.

Wenn du fragſt, ſo ſeh ich
Daraus, du ſeyſt entſchloſſen, Gott dich ganz
Zu unterwerfen! Und nun dieſer Entſchluß
Beweiſet deiner Rückkehr Dauer mir!

Salomo.

Dazu bin ich entſchloſſen mehr, als je.
Allein ich fürchte mich vor mir, daß ich zu ſehr

Erlie

Erliegen würde, wenn des Richters Antwort
Blut mir verkündigte. Zwar den Tod der Schlacht,
Der leichter als der Tod des Lagers ist,
Den fürcht ich nicht. Doch ach, verkündigt Gott
Mir Krieg; ists dann nicht Zorn, was er verkündigt?

Chalkol.
Du must dich allem unterwerfen; must
Gewiß es wissen, daß nichts kommen kann,
Dem du dich nicht vorher schon unterwürfst.

Salomo. 1)
So frage denn, mein Vater Nathan, .. Gott! . . .
Willst du es hier thun, Nathan? Nein, nicht hier,
Hier stand sein Altar, und hier fragt' ich Moloch.

Nathan. 2)
Im Tempel, dicht am Allerheiligsten,
Da will ich fragen.

Chalkol.
                        Darf Jerusalem
Es wissen, was für dich der Seher Gottes
Dort thut?

Salomo.
                Nicht nur mein Volk, erfahren solls
Erd und Himmel, daß ich zu Gott umkehre.

Chalkol.
Nicht Darda soll, nicht Nathan! nun will ich
Die frohe Bothschaft David bringen und Heman!
Laßt unsern Vater gehn, laßt Nathan gehn.
Denn jeder Augenblick ist theuer.

Nathan.
                            Ich gehe,
Mein Sohn! laß heute mich dich also nennen!
Mein Salomo, den ich auf meinem Arm
Sonst trug, und dich, mein Sohn, Jedidja nannte.
Der warst du, und der bist du wieder.

Salomo.
                            Geh,
Mein theurer Vater! Wär mir, den du fragst,
Nicht Richter mehr! Ach, wär er Vater mir!

F 3   Sieben-

---

1) Nach einigem Stillschweigen.
2) Indem er aufsteht.

Siebenter Auftritt.

Salomo. Chalkol. Darda.

Salomo.

Du haſt es gewollt. Nun geht er hin zu Gott! . . .
Was wird die Antwort? wird ſie eines Vaters ſeyn?
Ich war nicht Sohn! . . . Zwar wo iſt wohl der Sterbliche,
Der immer Sohn des groſſen Vaters war?
Allein bisweilen ſchwach, und ich! O Unterſchied
Zu fürchterlich für mich! Die kurze Nacht,
Nach der ein Sommertag beginnt, iſt ſo verſchieden
Von jener ewigen, auf die kein Tag
Nicht folgt!

Darda.
Ja, weine, Salomo.

Chalkol.
                                      Das thu!
Allein vor allem wart' auf Gottes Antwort
Mit Unterwerfung!

Salomo.
                        Ach, ihr wißt es nicht,
Mit welcher trüben Angſt ich ſie erwarte.

Chalkol.
Der Weg des HErrn mit deinen Vater wars
Ja auch, der dich zurück zur Weisheit brachte.
Was fürchteſt du daher ſo ſehr?

Salomo.
                          Verwerfung! . . .
Auch David ſtürzet mich in dieſe Furcht hinab!
Auch er! Ach warum nannteſt du mir ihn?

Chalkol.
Nahm deinen Vater denn der HErr nicht an?

Salomo.
Ach, bin ich David? Fiel er, wie ich fiel?

Chalkol. 3)
Du fragſt ja nicht, ob dich der HErr verwerfe?

Salomo.
Antwortet er mir Krieg; verwirft er mich denn nicht?
Daß Gott die Menſchen kümmern, zeigt mir David.
Auch . . Saul! Was zeigt er mehr, denn Gott . . . Ich mag
Noch Einmal nicht das Todesvolle Wort
Ausſprechen!

                                            Chal=

3) Nach einigem Stillſchweigen.

Chalkol.
Wer gerecht aus Stolz sich hält;
Und, aus Verzweiflung, sich verurtheilt, beyde
Erkühnen sich, die Wage seines Gerichts
Aus Gottes Hand zu nehmen.

Salomo.
Ferner war
Kein Lebender je davon, als ich es bin,
Sich ins Gericht des Ewigen zu mischen.
Ich weis, das Sandkorn wog er ab; warum?
Zu bauen eine Wohnung, für den Leib,
Der sterben muß; o wie vielmehr wägt er
Die Handlungen ab, im grossen Reich der Geister,
Im Reich, um dessentwillen alles dieß
Die Wohnung und der Leib geschaffen sind.
Und wer ist kühn genung zu wähnen: Er kenne,
Wie Gott ihn kennet, sich? Auch selber der
Den Stolz nicht hebt, und nicht Verzweiflung stürzt,
Kennt sich gnung, verkennt sich weniger nur!
Du siehest, daß ich mich in sein Gericht
Nicht mische!

Chalkol.
Nun so sprich denn über dich
Kein Urtheil.

Salomo.
Laß mich sehr, laß wenig mich irren;
Irr ich drum ganz?

Chalkol.
Ich, der ich dir in Dingen
Des Lebens nie geschmeichelt habe; werd ich dir
Dann schmeicheln, wenns die Ewigkeit betrift?
Mehr warest du, und öfter warest du
Der Mann, als David! Doch was ist verschiedner,
Als dieß: Verworfen werden! und, gestraft.

Salomo.
Ich durste vor Begier, den Ausspruch Gottes
Zu hören. Sag, wer bringt uns Bothschaft?

Chalkol.
Ich gehe
Wenn du gebeutst.

Salomo.
Nein, bleib. Noch ists nicht Zeit.
Warum erscholl denn erst ein Hall der Posaunen
Vom Tempel her?

F 4

Chal=

Chalkol.

Vielleicht, daß Nathan so
Ankündigen ließ, warum er in den Tempel kam.

Salomo.

So wird er auch und muß die Antwort Gottes
Dem Volke feyerlich ankündigen.
Mein armes Volk, wenn Blut die Antwort ist!
Zwar auch das meine; doch, um meinetwillen, deins!
Was habt ihr mir gethan? Ach, fluchen, fluchen
Wird ihre Seele mir, wenn sie im Tode flieht.
Sie liebten ehmals mich, und konntens auch.
Nun können sie's nicht mehr. Auf, Chalkol, geh,
Und bring mir Bothschaft. Allein vor kurzem erst
Kam Nathan in den Tempel. Geh du dennoch,
Und bring vom Volke mir, vom Hall der Posaunen,
Von Nathan, bring, wovon du kannst, mir Bothschaft.
Doch Gott antwortete ja sonst David schnell,
Gleich, wenn er fragte. Geh, und eile zurück.

Achter Auftritt.
Salomo.   Darda.

Salomo.

Ich seh, ich sehe, wie mit mir du leidest,
Und schweigst. Du kannst, mein Darda, nicht mit mir
Empfinden, welche Last mir meine Seele
In grauenvolle Tiefen niederdrückt.
Und wie viel weiter noch hinab, wenn ichs
Nun hören werde.

Darda.

Samml' und fasse dich.
Wer thuts? Thut's denn nicht Gott?

Salomo.

Er thut es! Er thut's!
Ein wenig Stille brachte der Gedanke
In meine Seele mir... Allein ihn lieben,
Und fürchten müssen, daß er uns verwirft?
Wer ist der Sterbliche, der, ach! dem Gedanken
Des Schreckens widersteh? Ihn lieben! Lieb ich ihn?
Darf ich so hoch mich heben, dieß zu glauben?
Und ists nicht Wahn, wenn ich mein Herz damit
Erfrischen will? Auch dieser Zweifel, ach,
Ist Qual!

Darda.

Darda.

Du kehrteſt ja zu ihm zurück.

Salomo.

Getrennt von ihm geweſen ſeyn! wie iſt
Dieß fürchterlich, wie hats der bangen Zweifel viel.

Darda.

Ich bin von denen nicht, die voll von Muth
Bey Andrer Elend ſind, und leicht das halten,
Was ſie nicht ſelber trift. Dein zweyter Weg
Zu Gott führt dich durch Nacht. Dein erſter war
Voll Heiterkeit, und ging durch Frühlingsgefilde.

Salomo.

So war er, und von dieſem wich ich ab!
Dieß, eben dieß, daß ſo der erſte war,
Macht mir des zweyten Nacht noch ſchrecklicher.
Ach! meine Frag an Gott iſt nun hinauf
Zu ſeinem Thron gekommen. Wer hat ſie,
Wer meineſt du, hat ſie hinauf gebracht?
Wer ſie am Thron des Richters ausgeſprochen?
Ein Todesengel?

Darda.

Das wird dir die Antwort zeigen.
Erwarte ſie.

Salomo.

O könnt ich ihr entfliehn!
Doch würd ich drum der ſchrecklichen Erfüllung
Der Antwort auch entfliehn?

Darda.

Was kann ich ſagen?
Was helfen? Salomo, erwarte du
Des Ausſpruch, der dich ſonſt geleitet hat.
Und ſaheſt du denn Nathans Freude nicht,
Mit welcher er hinauf zum Heiligthume ging?

Salomo.

Ach, wehe, wehe mir! In welche Thränen
Kann dieſes Frommen Freude ſich verwandeln!
Schau ihn nur an. Ein Hauch könnt ihn ins Grab
Hinunter ſtürzen. Was wirds für ein Donner thun.

Darda.

Kennt er nicht mehr, als du und ich, die Wege Gottes?
Würd er ſich freuen, wenn ſein graues Haupt
Mit ſolchem Herzeleid zu ſeinem Grabe
Hinunter ſolche Thränen bringen ſollten?

Salomo.

Salomo.

Besänftige denn dich, o, du Herz voll Sturm,
Voll ungestümer Unruh! Denn vielleicht
Irrt Nathan nicht...

Neunter Auftritt.

Die vorigen. Chalkol.

Salomo.

          Ach Chalkol!.. Aber schweig,
Verstumme lieber. Geh, laßt uns einander
Verlassen!

Chalkol.

          Und warum? Noch betet Nathan,
Und noch antwort ihm der Gott der Götter nicht.
So bald ihm Antwort wird, verkündigt sie sein Sohn.
Ja, Nathan hieß das Volk, das laut es zu wissen,
Verlangte, durch der Chöre Posaunen erst
Stillschweigen. Als sie schwiegen, thats dem Volk
Der Hohepriester kund, weil Nathans Stimme
Zu schwach, gehört zu werden, war. Ich kam
Und fand das ganze Volk im Tempel knien,
Und weil, sie sagtens, heute Molochs Opfer war,
Im Sacke viel und Asch auf ihrem Haupt,
Und still, so wie es still bey Gräbern ist.
Da, wo den Bund des HErrn der hohe Vorhang deckt,
Am Allerheiligsten, waren Nathans Kniee
Gesunken, und da betet' er. Nicht fern
Von ihm lag Sarja und der Hohepriester.
Ich lief zu Sarja. Dieser sagte mir,
Gott schweige noch!.. Ich sprach: Verkündig' es uns.
Das wollt' er, und ich ging.

Salomo.

          Gott schweige noch?...
Vielleicht, daß im Gerichte gegen mich
Die beyden Seelen ihre Klage noch
Nicht ganz vollendet haben.

Darda.

          Welche Seelen?

Salomo.

Der Knaben, die ich heut getödtet habe...
Ihr saht sie stehn. Wie reizend standen sie
In ihrer Blüthe da, und ihrer Unschuld!
Sie wußten kaum, was ihre Mütter weinten.

                                Und

Und Blumen muſten euch zum Tode kränzen,
Ihr armen Opferer! 4) Du, des älteſten Mutter,
Du haſt ſchon über mich das Urtheil geſprochen,
Das jetzt im Himmel auch geſprochen wird! ...
Und meine Freunde blenden ſich, mit ihnen
Selbſt Nathan. Haſt du mir die Wahrheit, Chalkol,
Nicht verhohlen, und mich verſchonen wollen?
Verbirgs nicht länger, ſprich: Hat Gott nicht geredet?
War nicht ſein fürchterlicher Ausſpruch, Tod?
Ach, meines Volkes Tod, und, o der komme!
Mein Tod? .. Was ertönen denn des Tempels Hallen wieder?

Chalkol.
Die Antwort Gottes wird dem Volk verkündigt.

Salomo.
Wohin, wohin entflieh ich nun von ihr?
O wärſt du, eh ſie kömmt, mir Zuflucht! Grab!

Darda.
Ich ſeh ſchon Volk herab vom Tempel kommen.

Salomo.
Wie gehen ſie?

Darda.
Sehr langſam, und ſehr ernſt.

Salomo.
Da iſt es, Chalkol! ... Siehe, du haſt mich
Dahin gebracht!

Chalkol.
Wär denn, unprophezeiht,
Das, was der Herr beſchloß, nicht auch geſchehn?

Salomo.
Allein ich, der ich ganz erſchüttert bin;
Zerſchmettert bin! ich hätte nicht entbehrt
Den kleinen Troſt der ſchwachen Hofnung auch,
Im Frieden noch zu ſterben.

Chalkol.
War es denn
Nicht wichtiger, daß du dich völlig überzeugteſt?

Salomo.
Das war ich ſchon ... Kömmt Sarja nicht?

Darda.
Zween Männer
Mit Aſch auf ihrem Haupte kommen.

Salomo.
Kommen
Zu mir?

4) Er weint.

Darda.

Darda.

Sie sind im Ceberngange schon.

Salomo.

Vielleicht sind sie der beyden Knaben Väter.
Bring dennoch sie herein zu mir.

Zehnter Auftritt.
Salomo.   Chalkol.

Salomo.

Ich will
Nun alles hören; will nun alles wissen!
Mit seiner Weissagung nicht Nathan nur,
Auch diese Männer sendet Gott zu mir.

Chalkol.

Weist du denn schon, was, die der HErr dir sendet,
Dir sagen werden!

Salomo.

Zweifelst du denn noch?
O täusche mich mit dieser Hofnung nicht.
Sie ist zu schwach.

Chalkol.

Wer Gott sich unterwirft,
Der wartet, und entscheidet nichts zu früh.

Salomo.

Dank sey dem HErrn, für diese Zwischenzeit,
Für die Erholung, daß die Antwort mich,
Nicht wie ein Donner traf!

Chalkol.

Ach, Salomo,
Mein König, und mein Freund, so lieb ich dich.
Und, wenn du also bleibst, wein' ich mit dir.

Eilfter Auftritt.

Die vorigen. Darda. Die beyden Männer. 5)

Der Eine.

Sohn unsers Vaters Davids, theurer Salomo!

Salomo.

Wer seyd ihr Männer?

Der Eine.

Zween aus Israel,
Aus deinem Volke, die vom HErrn ihr Brod

Ju

5) Sie fallen auf die Knie.

In ihrer Stirne Schweiß empfahn, und ihm
Des Segens danken! ſind aus deinem Stamm,
Aus Juda.
Salomo.
Was begehrt ihr denn von mir?
Der Eine.
Wir kommen nicht, o unſers Davids Sohn!
Dich zu betrüben, nein, nur dir zu danken,
Daß du zu Gott zurück gekommen biſt.
Und ihn vor deinem Volk im Tempel öffentlich,
Um das, was dir und uns zukünftig iſt,
Gefragt haſt! Auch mit dir, o unſers Davids Sohn,
Zu weinen. Sieh, ich ging bey Nathan her,
Und fragt ihn: Soll ich, Vater Iſraels,
Nur laufen, und der Bote ſeyn? Er ſprach;
Kehr um! Allein mein Bruder lief. Der iſt
Mein Bruder hier. Da lief ich auch, und kam
Mit ihm.
Der Andre.
Verkündigt ward, da uns
Die Poſaune tönte.
Salomo.
Schweig!
Der Andre.
Warum, mein Herr und König?
Betrüb uns ja nicht! Wir wollen ja dich nicht
Betrüben, kamen ja mit dir zu weinen;
Und wollen, nicht nur wir, auch unſre Brüder,
Noch ſieben ſinds! auch unſer Blut vergieſſen
Mit deinem Blut .. wenn's alſo kömmt: denn Gott
Schwieg ja, und Nathan kehrt ohn Antwort um.
Salomo. 6)
Geſchwiegen hat der HErr? Ließ Nathan das
Verkündigen?
Der Andre.
Ja! das ließ der fromme Mann
Verkündigen.
Salomo.
Geht itzt hin in Frieden, ihr Männer
Aus meinem Stamm. Ich laß euch wieder rufen,
Dann ſoll ein Segen Gottes euer ſeyn.

Zwölfter

6) Er ſteht auf.

Zwölfter Auftritt.

Salomo. Chalkol. Darda. Nathan. Sarja.

Nathan.

Wer geht bey mir vorbey?

Sarja.

Die beyden Männer.

Salomo.

Ich weiß es, Nathan, schon. Der Richter hat
Geschwiegen! .. Chalkol ward, wie Heman, bleich,
Du bist es auch. Ich brauchte deine Schrecken,
O Chalkol, nicht, nicht deine, Nathan, zu wissen,
Daß ich verworfen bin! .. Ich bin verworfen! 7)

Nathan.

Mein Stab ist mir zu schwach. Laß Chalkol mich
Auch halten, Sohn 8)

Darda.

Ach bleib! 9) Bey Gott beschwör ich dich!
Bleib!

Nathan.

Geht er weg von uns?

Sarja.

Er wills.

Nathan.

Verzweifle nicht
An deinem Gott, mein Sohn! so nenn ich dich
Nun bis an meinen Tod.

Sarja.

An meinem Gott? . . .
Und wirst du lange Sohn mich nennen? Schnell
Ist oft mein Richter. Aber nenne mich
Sohn bis an meinen Tod.

Nathan.

Reich deine Hand mir her,
Mein Sohn auch dort! 10)

Salo=

7) Chalkol verhüllt sich.
8) Darda kömmt und hält ihn. Indem will Salomo weg=
gehn. Darda verläßt Nathan, und ergreift Salomo bey
der Hand.
9) Er fällt vor ihm nieder, und hält ihn.
10) Salomo giebt ihm die Hand.

Salomo.

Nicht dort! Verworfen, verworfen
Bin ich von Gott!

Nathan.

Du kannst in dieser Nacht
Der Traurigkeit nicht sehn. Entscheid itzt nichts.

Salomo.

Ist was entscheidender, als dieses Schweigen
Des Ewigen?

Nathan.

Gott hatte genug gesagt.
Erst deinen Sohn, nicht dir, wollt er das Reich zerreissen!
Genug wars. Wir hätten, Chalkol, du, und ich
Nicht fragen sollen. Doch der HErr verzeiht uns das.

Salomo.

Ich nicht verworfen? Schwieg denn David jemals Gott?
Nur Saul, und mir! Allein was brauch ich Saul!
Auch dein Verstummen, Chalkol, brauch ich nicht!
War ich), von meiner Kindheit an, dem HErrn
Nicht lieb? und gab er mir nicht dich), und ward
Ich früh zum Könige nicht von ihm erwählt?
Wie aus Isais Söhnen David, ich)?
Gab er mir Weisheit nicht? und Herrlichkeit
Dazu? Vorher ein Herz, das nur um Weisheit bat?
Erschien nicht zweymal mir der Gnädige?
Dann auch dem Volk und mir in seinem Tempel,
Den Salomo, nicht David, bauen durfte!
Und ward, der alles dieß von Gott empfing,
Ich nicht ein Opferer des Moloch? Ich,
Ich wäre nicht verworfen?

Darda.

Schweigst du ganz,
O Chalkol? und verlässest du uns ganz?
Enthülle, Chalkol, dich, verlaß uns nicht.

Salomo. 11)

Verstumme, wie du thust. Doch willst du reden;
So seys kein Trost!

Chalkol.

Magst du die Wahrheit hören;
So laß mich reden, Darda! magst du nicht,
Mich schweigen.

Salomo.

11) Zu Chalkol.

Salomo.

Rede, sag auch du sie mir!
Ich hörte sie von meinem Richter schon.

Chalkol.

Ach unaussprechlich ist in meiner Seele
Des Mitleids und des Ernstes trübes Gefühl,
Des Ernstes, Salomo, der deine Thaten verurtheilt.

Darda.

Verwund ihn nicht, mein Chalkol, tiefer noch.

Salomo.

Kann ichs denn tiefer werden? Rede du,
O Chalkol, fort.

Chalkol.

Ich habe genug geredt.

Salomo.

Kann dieser Tag des Schweigens Gottes, er
Ein Tag des Schonens seyn! Sprich, Chalkol, fort.

Chalkol. 12)

Er ist verworfen! . . .

Nathan.

Nein! das ist er nicht;

Salomo.

Ach, Nathan! . . . Ja, ich dank, ich danke dir!
Für dieß dein Mitleid, theurer Vater, dir!
Doch überlaß mich meinem Schicksal nur!
Vielleicht ists nicht der Tod der Schlacht! Ich fühle
Mich sehr ermattet! . . . Starb nicht Heman hier,
In meinem Sommerhaus am Palmenhügel!

Darda.

Da starb er.

Salomo.

Bringet mir den Todten her.
Bringt Heman her, den hab' ich auch getödtet!
Noch einmal will ich Heman sehn; ich will
Noch einmal ihn umarmen; neben ihn
Dann sterben.

Nathan.

12) Zu Darda.

Nathan.

Folge mir, mein theurer Sohn.
Jetzt mußt du deinen todten Freund nicht sehn.

Salomo.

So bring, o Chalkol, denn ach deren Kinder
Ich tödtete! mir die Mütter all herauf,
Daß ich, ists möglich, sie versöhne.

Chalkol. 13)

Drey
Nur leben noch. Die andern sind vor Schmerz
Gestorben.

Salomo.

Redest du geheim? Bring mir
Die Mütter her! Gehorche, dein König wills.

Chalkol.

Gehorchen will ich gern. Hier kann ich nicht.

Salomo.

Warum nicht?

Chalkol.

Was soll ich antworten, Darda?

Nathan.

Mein Salomo, laß mich dich überzeugen,
Daß Gott dich nicht verwarf!

Salomo.

Daß kannst du nicht!
Warum willst, Chalkol, du mir nicht gehorchen?

Chalkol.

Drey leben nur. Die andern sind schon todt.

Salomo.

Die andern alle todt? . . . Vor Jammer! . . . Kehrt
Eure Blicke von mir, ihr starren Augen!
Sehr nah schaut ihr mich an, sehr nah! von Thränen
Des Blutes roth! und, ach! vom Tode starr! . . .
Und ihr, viel schreckender ist noch das! o wendet
Auch euer Lächeln weg, ihr sanften Knaben!
Ihr Opfer! . . .

Nathan.

Salomo, erhebe dich,
Aus dieser Todesangst! Ich kann dich überzeugen!

Salomo.

Mich überzeugen? Hätte dir der Richter
Es offenbart; alsdenn nur könnt ichs glauben!

G

Was

13) Leise zu Darda.

Was red ich? Was ist die leere Möglichkeit?
Verstummen laß, wie Chalkol thut, auch uns.

Nathan.

Gott hat es offenbart! . . .

Salomo.

Was sagst du mir, mein Vater?
Verstand ich es auch? Was hast du mir gesagt?

Nathan.

Ich sage dir, daß Gott vordem, nicht mir,
Doch deinem Vater David, ihm durch mich,
Von dir verheissen hat.

Salomo.

Und was? und was?

Nathan.

Heil, Salomo.

Salomo.

Mein Vater, und mein Richter!

Nathan.

Du, nicht er,
So sagte Gott, sollt' ihm dem Tempel baun!
Dein Vater wird er seyn, und du sein Sohn!
Und wenn du eine Missethat begingst;
Wollt' er, so sagte Gott, mit Menschenruthen,
Und mit der Menschenkinder Schlägen nur,
Dich strafen; sein Erbarmen nie von dir
Wegwenden; und dich nicht, wie Saul, verwerfen.

Chalkol.

O Gottes Weg! . . . Wie wunderbar bist du,
Weg Gottes! . . . Wenn verhieß der Gnädge das?

Nathan.

Vor Salomos Geburt!

Salomo.

Ich schweig, und lege
Die Hand auf meinen Mund. Wie kann ich danken?
Mein Vater seyn? . . . Mich nicht, wie Saul . . wie kann
ich danken?
Eh ich gebohren ward! . . . Laß 14) schnell, Semira
Herkommen, und den Korah, wenn er lebt.
Die Götzenbilder 15) und Altäre zu zerschmettern;

Hin-

14). Zu Chalkol.
15) Nachdem Chalkol kurze Zeit weggewesen ist.

Hinstürzen Astaroth, und Chamos, und . . :
Aussprechen mag ich diesen nicht! und selbst
Den Staub, worinn die Bilder standen, bedecken
Mit anderm Staube 16) . . . Nein! sie sollen stehn,
Denkmale meiner Schuld! so, längre Zeugen,
Als wenn ich sie vertilgte! Zeugen auch,
Daß ich zu Gott umkehrte, wenn sie nun
Umwachsen stehn, und öd', und opferlos!
   Noch heute gebiets dem Hohenpriester, Nathan,
Soll Aarons Posaun um diese Bilder
Erschallen, drauf . . . Ach Nathan! schnell, gleich itzt
Erinn' ich mich, wie schreckst du mich, Erinnrung,
Wie schreckst du mich! Du weist es, Nathan, auch,
Du warst bey uns, da, als mein Vater Israel
Versammelt hatte, da er mit den Aeltesten
Vom Bau des Tempels Gottes sprach; ich seh,
Ich höre David noch! ein bebender Jüngling
Stand ich vor ihm, da sagt er mir auch dieß:
Gott untersuchet Aller Herzen! versteht
Das Dichten aller menschlichen Gedanken.
Suchst du den HErrn; so wirst du ihn auch finden;
Verläßt du ihn, so wird er dich verwerfen! . . .
Ach Nathan!

Nathan.

   Neue Qual sey dieß dir nicht,
Mein Sohn! ich wust es Alles. Ich und David
Wir liebten dich, und hattens mit einander
Beschlossen, öffentlich dich so zu warnen.
Das wählten wir. Wie konnten wir dir sagen,
Gott werde nicht, wie Saul, auch dich verwerfen,
Wofern du sündigtest? Wenn du nun dieß gewust,
Und doch gesündigt hättest? Wir liebten dich,
Wir sagten jenes, und warnten unsern Sohn.

Salomo.

Mein theurer Vater, Nathan! . . . und o du,
Mein Vater, David! O ihr Redlichen!
Noch heute, sags dem Hohenpriester, Nathan,
Soll Aarons Posaune bey den Götzen
Erschallen, dann soll er dem Volke verkündigen
Was jetzo diese Bilder sind, und warum
Sie nicht zerschmettert werden! Darba, geh

G 2

Zur

16) Er schweigt einige Zeit, als unentschlossen still.

Zur Mutter, deren erſtgebohrner Sohn
Geopfert ward! · Du, Chalkol, geh zu der,
Die, jetzo kinderlos, nur Einen hatte!
Und Sarja zu der dritten, die noch lebt,
Von allen, die der Schmerz getödtet hat!
Verſöhnt ſie mir! Ach könnt es Ophirs Gold!
Das kanns nicht! ſegnet, ſegnet ſie, für euch,
In meinem Namen nicht! Wie dürft ich das?
In Nathans Namen auch. Sie ſollens doch, mein Vater?

Nathan.

Mir bricht mein Herz! Was kann ich, Davids Sohn,
Dir ſagen? Gott, o ſegne ſie! nicht nur
Von mir! und ihre Thränen trockne, Gott,
Von ihrem Angeſicht!

Dreyzehnter Auftritt.

Die vorigen. Semira. Korah.

Salomo.

Vernehmt, was ich
ſagen will. Doch euer Mund ſey ſtumm
Bis ich euch frage. Königin! Es iſt
Kein Opfer künftig mehr bey euren Bildern!
Sag dieß den Königinnen! ſahſt du 17) etwas
Beym Todtenopfer?

Korah.
· Nein.

Salomo.
Was hörteſt du?

Korah.
Ich hörte nichts.

Salomo.
Was ſchreckte dich?

Korah.
Ich weiß nicht.
Wovor ich mich entſetzt', allein ich ward
Beynah dadurch getödtet! Ach, dieß ſahſt du!

Salomo.
Wie ich frage, ſchnell, geſteh mir, oder ſtirb!
Du wollteſt mich betrügen?

Korah.

17) Zu Korah.

Korah.

Ja, ich wollt's.

Salomo.

Was wolltest du mir prophezeihn?

Korah.

Verderben!

Salomo.

Geh

Gleich in dein Haus hinab. Verlaß es nie.
Geschiehts, so ist der Tag dein Todestag!
Geh, Königin, und du:

Vierzehnter Auftritt.

Salomo. Nathan. Chalkol. Darda. Sarja.

Salomo.

Dem Allerheiligsten,
Dem Ersten, Hocherhabnen, Gnädigen,
Dem Vater, und dem Richter, meinem Gott,
Will ich im Tempel morgen opfern, Nathan!

Chalkol.

Wir schweigen. Wer von uns kann jetzo reden?

Salomo.

Mein Vater, und mein Gott, wie lang wird noch mein Weg
Zu meinem Grabe seyn? Lang, oder kurz;
Laß meine Freunde mir! nähmst du sie mir, das wär
Der Strafen härteste!... Doch wie du gebeutst!...
Hier schlummert Heman nah. Ein Todtenhaus ist
Mein Haus. Bleib gleichwohl, Nathan, hier, und sey,
Wie du es warest, deines Sohnes Führer,
Und leite mich, so weit du mitzugehn
Vermagst, den trüben Weg zu meinem Grabe.

Apmer-

Anmerkungen.

Ich habe viel kennen gelernt, von denen ich geglaubt hätte, daß sie belesener in der Schrift wären, als sie hernach gefunden habe. Das ist die Veranlassung zu folgenden wenigen Anmerkungen.

Heman. Chalkol. Darda.

Die Bibel nennet vier Dichter mit einem sehr unterscheidenden Ruhme. Salomo, sagt sie, war weiser, als alle Morgenländer, und so gar als die Aegypter. Er übertraf alle Menschen in seiner Zeit an Weisheit, und auch die Dichter Ethan, Heman, Chalchal und Darda. Im ersten der Könige 30, 31.

Sarja.

Asarja, Nathans Sohn, hatte Salomo über seine Amtleute gesetzt. Ich ersten der Könige 4, 5.

Moloch. Chamos.

Man wird die Wirkungen der gefallnen Geister bey dem Götzendienste nicht leugnen wollen, wenn man sich erinnert, was Paulus davon sagt. Die Heiden, sagt er, opfern, was sie opfern, den Teufeln, und nicht Gott. In der ersten an die Corinther 10, 20. Viele haben, ohne ihr Wissen, gute Engel beherbergt, an die Ebräer 13, 8. und da sich die Bösen in Engel des Lichts verstellen dürfen; so dürfen sie sich vielleicht auch in Menschen verstellen. Da die Morgenländer überhaupt sehr zum Enthusiasmus geneigt sind; so konnten auch damals schon Einsiedler seyn, die sich dem Moloch gewidmet hatten.

Handlung II. Auftritt 1.

Auf seines Tempels
Altär' herunterflammen.

Es fiel Feuer vom Himmel, und verzehrte die Opfer. Die Herrlichkeit Gottes erfüllte das ganze Haus. Das ganze Volk fiel aufs Antlitz. Im zweyten der Chron. 7, 1-3.

Meint ihr denn der Verderber,
Der siebzigtausend schlug.

Diese

Diese sehr merkwürdige Begebenheit steht im zweyten Samuelis 24, 15. im ersten der Chron. 22.

Auftritt 2.

Ein Mann aus Ephrata, dein Feind.
 Dieser Anfang der Geschichte Jerobeams und seine Flucht
nach Aegypten, steht im ersten der Könige 11, 26 bis 41.
Entreissen wird der HErr . .
 Im ersten der Könige 11, 11. und 31.

Handlung III. Auftritt 1.

Das fürchterliche Wetter Gottes von Ebal.
 Moses gebot, wenn Israel über den Jordan gegangen
seyn würde, so sollten einige aus sechs Stämmen auf den
Berg Grisim treten, und das Volk segnen; und wieder einige
aus den andern sechs Stämmen auf Ebal, und den Fluch
aussprechen, der die Uebertreter des Gesetzes treffen würde.
Im fünften Moses 22, 12. 13.

Auftritt 8.

Jonathan, ach du eilst von mir weg.
 Im zweyten Samuelis 1, 19 bis zu Ende.

Handlung V. Auftritt 6.

Dich, mein Sohn, Jedidja nannte.
 Im zweyten Samuelis 12, 25.

Auftritt 8.

Den Habad und den Reson ohne Krieg
Zurückzuhalten.
 Im ersten der Könige 11, 14 bis 26.

Auftritt 12.

Schwieg denn David jemals Gott?
 David hat oft gefragt, und Gott hat ihm allezeit geant-
wortet. Z. E. zweymal hinter einander. Im ersten Samue-
lis 23, 2. 4.
 Nur Saul! und mir!
 Im ersten Samuelis 28, 6.
 War ich von meiner Kindheit an dem HErrn
Nicht lieb?
 Im zweyten Samuelis 12, 24.

Ward
 Ich früh zum Könige nicht von ihm erwählt?
 Im ersten der Chron. 23, 9.

Wie aus Jsais Söhnen David, ich?

Im ersten der Chron. 29, 4. 5.

Den Salomo, nicht David, bauen durfte.

Im ersten der Chron. 29, 3.

Ihm, durch mich

Verheissen hat.

Im zeyten Samuelis 7, 12 bis 16. Dieß wird im ersten der Chron. 18, 11 : 11. wiederholt, und ist der Hauptgrund, warum man glauben kann, Salomo habe sich wieder zu Gott gewendet. Die andern Gründe liegen in dem Character desselben, den er vor seinem Falle zeigte, und in den sehr unterscheidenden Gnaden, die er von Gott empfangen hatte. Diese konnten unmöglich ihre Wirkungen ganz bey ihm verlieren. Dazu kömmt noch, daß er sehr wahrscheinlich den Prediger in seinem Altar geschrieben hat. Und dieser zeigt uns einen Mann, der aller Eitelkeit der Welt nicht allein müde ist, sondern sie auch verwirft. Fürchte Gott, schließt er, und halte seine Gebote. Denn das gehört allen Menschen zu. Man könnte noch hinzusetzen, daß Salomos Rückkehr in den verlornen Schriften der Propheten Nathan, Ahia und Jeddi vielleicht erwähnt worden sey, weil sich die Bibel darauf bezieht, daß in diesen noch mehr von Salomo gesagt werde.

Die Gözenbilder und Altäre zerschmettern?

Der angeführte Grund, warum er sie stehn läßt, ist mir als der einzige vorgekommen, den er hat haben können, und zugleich stark genug, daß man den Umstand, daß er die Bilder hat stehn lassen, nicht als einen unwiderleglichen Grund gegen seine Rückkehr gelten machen könnte, wenn auch jene Stelle nicht wäre, die ich als entscheidend angeführt habe. Denn auch Hiskias ließ diese Höhen Salomos, und erst Josias schafte sie weg; (Im zweyten der Könige 22, 13.) Hiskias, der ein so grosses Zeugniß für sich hat, und der kühn genug war, die eherne Schlange Moses, Nehustan, wegzuthun. Es war also kein Beweis einer fortdaurenden Abgötterey, daß die Bilder blieben; es war zureichend, daß dabey nicht mehr geopfert wurde.

Verläßt du ihn; so wird er dich verwerfen!

Im ersten der Chron. 29, 19. Es ist hiebey hauptsächlich anzumerken, daß David dieß nicht, als eine Offenbarung von Gott, sondern, daß er es für sich selbst sagt.